UN FUOCO IMPROVVISO

IL FUOCO DELLA PASSIONE

J.H. CROIX

Questo libro è un'opera di finzione. I nomi, i personaggi, le organizzazioni, luoghi ed episodi descritti sono frutto dell'immaginazione dell'autore e sono utilizzati in modo fittizio. Qualsiasi somiglianza con persone reali viventi o defunte, o eventi è puramente casuale.

Traduzione italiana: Laura Marastoni

Progetto grafico di copertina: Cormar Covers

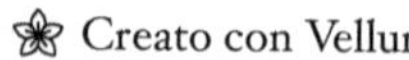 Creato con Vellum

Capitolo Uno

RACHEL

"Henry!"

Il mio cane, ovvero tale Henry, era appena schizzato via alla velocità della luce. Aumentai il passo e cominciai a corrergli dietro, finché non calpestai una pozzanghera e schizzi di fango mi volarono sul viso.

"Maledizione, Henry," imprecai sottovoce.

Davanti a me, sul sentiero, si girò a guardarmi agitando la lunga coda, tutto ricoperto di fango. Mi scappò una sonora risata. Amavo il mio cane, ma era proprio matto da legare. Col folto pelo color nero e oro, aveva una scorta infinita di energie e un grande spirito d'avventura.

Come d'abitudine, eravamo usciti insieme a correre. Era da poco arrivata la primavera, o meglio la stagione del fango, come veniva chiamata in Alaska. Finalmente le temperature avevano cominciato ad alzarsi, quindi si poteva uscire più spesso. Per un attimo mi illusi che Henry si fosse finalmente calmato, ma poi riportò lo sguardo davanti a sé e ricominciò a correre, prendendolo come un gioco.

"Henry!"

Probabilmente sarebbe arrivato alla macchina molto prima di me.

Ma va benissimo così. Un po' di allenamento in più non fa male. Devo far scendere questo sederone.

Raggiunta una curva sul sentiero, lanciai un gridolino quando mi trovai qualcuno davanti all'improvviso. Scivolai sul fango e caddi a terra come un sacco di patate.

"Ahia!" esclamai, battendo il ginocchio contro una roccia nascosta nella melma.

Mi sollevai un poco sulle mani e notai che avevo le gambe e la maglietta tutte sporche. Ero caduta sul bordo di una pozzanghera ed ero bagnata fradicia e lercia. Quando sollevai la testa, incrociai lo sguardo di Remy Martin. "Oh, merda."

L'ho detto davvero a voce alta?

Ecco, Remy era sexy come il peccato. In quel momento indossava dei pantaloncini da corsa che gli abbracciavano le gambe, due blocchi di muscoli. *Lui stesso* non era altro che un blocco di muscoli.

Feci scivolare lo sguardo dalle gambe fino al petto solido. La maglietta grigio melange era madida di sudore e delineava ogni muscolo cesellato, giusto perché mi rifacessi un po' gli occhi. Sollevai ancora la testa e incrociai i suoi occhi verde muschio, i capelli biondi un poco spettinati. Nonostante il leggero strato di sudore che gli faceva brillare la pelle, non aveva minimamente l'aria affaticata.

"Oh, merda?" ripeté lui, dopo un momento di pausa. "Ce l'hai con me perché esisto?"

Il suo lento accento del sud mi scivolò addosso. La voce di Remy era come miele e whiskey, ricca e con una nota dolce, sexy da morire. Soltanto sentendolo parlare, una vampata di calore mi travolse.

Cazzo. Quella volta, riuscii a tenere a freno la

lingua. Ero seduta per terra, ricoperta di fango dalla testa ai piedi, con il ragazzo più bono della città davanti. Sentivo le guance in fiamme, ma pregai che il fango potesse nascondere il rossore.

"Ce l'avevo con la pozzanghera, non con te," replicai, mentendo giusto un pochino. *Ero* arrabbiata con la pozzanghera, ma il pensiero di ritrovarmi conciata in quel modo in sua presenza mi inorridiva.

Scossi la testa e provai ad alzarmi in piedi. Ma nonostante i miei sforzi, un piede cedette di nuovo sotto il mio peso. Era proprio la mia giornata *no*.

Remy mi porse la mano e mi morsi il labbro, con un sospiro. La accettai e avvolse le forti dita attorno alle mie, sollevandomi con estrema facilità. Un attimo dopo, fece un passo indietro e si assicurò di allontanarmi dalla pozza prima di lasciarmi andare.

Mi guardò dalla testa ai piedi. "Tutto bene?"

Imbarazzata, nervosa e infastidita come non mai dalla reazione del mio corpo davanti a Remy, riuscii comunque ad annuire. "Sì, niente di rotto. Mi sono solo sporcata tutta. Grazie per l'aiuto," risposi, con un sorriso ironico, indicando le strisciate di fango sulle gambe.

Un sorrisetto storto gli incurvò le labbra. Maledizione. *Non* poteva essere legale. Un calore languido si insediò nel mio basso ventre per poi pervadermi il corpo.

"Figurati, tesoro," rispose, allargando il sorriso. "Immagino che quello che mi è schizzato prima accanto fosse il tuo cane, giusto?" Sollevò un sopracciglio, l'aria indagatrice.

Mi ero completamente scordata di Henry. Remy era riuscito a catturare tutte le mie attenzioni. "Sì! Oddio, devo raggiungerlo!"

Come feci per girarmi, Remy mi afferrò per il

gomito, anticipandomi prima che potessi dire qualcosa. "Aspetta."

Mormorò quella parola con voce profonda, in tono quasi autoritario. Ma in fondo, Remy emanava un'aura di forza e autorità. Oh, e di erotismo estremo.

Quell'uomo era sesso allo stato puro con quel delizioso accento del sud, il fisico atletico e statuario, e un pericoloso sguardo incandescente. Ma non solo, perché la natura era stata davvero tanto generosa con lui. Con i lineamenti perfettamente cesellati, gli zigomi alti e le labbra carnose, avrebbe potuto fare il modello. Eppure, sembrava non rendersi neanche conto dell'effetto che aveva sulle donne. Era sempre cortese e educato.

In sua presenza, mi sentivo costantemente divisa tra due impulsi opposti. Una parte di me voleva saltargli addosso, mentre l'altra avrebbe preferito perdersi tra le sue forti braccia, in un caldo abbraccio. Remy era quel genere di uomo che ti faceva sentire protetta e al sicuro.

Prima che potessi chiedergli perché voleva che mi fermassi, Henry apparve tra gli alberi e schizzò verso di noi, fermandosi di fronte a Remy. Guardai il suo muso sporco e scoppiai a ridere. "*Ma certo*, vieni proprio adesso che non ti ho neanche chiamato!"

Henry cominciò a scodinzolare come un forsennato quando Remy mi lasciò andare e si chinò per accarezzarlo. Pareva alquanto imperturbato dal fango e dal modo in cui gli stava leccando tutta la faccia. Remy piaceva perfino al mio cane.

Quando Remy si rialzò in piedi, Henry si avvicinò e continuai con le coccole. Tanto ormai ero già sporca dalla testa ai piedi, quindi un altro po' di fango non avrebbe cambiato molto. Un attimo dopo, mi voltai verso Remy. "Grazie ancora per l'aiuto."

Un sorriso gli arricciò gli angoli dei meravigliosi occhi verdi. "Nessun problema, tesoro." Fece una pausa, studiandomi il volto. "Sicura che va tutto bene?"

"Sì, tranquillo. Ho soltanto bisogno di una bella doccia calda." Detto ciò, mi chinai un poco per agganciare il guinzaglio al collare di Henry. Non ero preoccupata potesse fuggire, ma preferivo evitare altri inseguimenti prima di arrivare alla macchina. "Grazie di nuovo," ripetei, salutandolo per andarmene. Appena feci un passo, tuttavia, una fitta di dolore mi trapassò il ginocchio. Inspirai violentemente, fermandomi.

Remy apparve al mio fianco in un lampo. "Ti accompagno io."

"Oddio, Remy, ce la faccio da sola. Ho battuto il ginocchio quando sono caduta. Non è nulla di grave," insistetti.

Però lui, ignorandomi, prese comunque il guinzaglio di Henry e fece scivolare l'altra mano nella piega del mio gomito. "Non posso lasciarti andare da sola. Non vorrei che scivolassi di nuovo."

Invece di mettermi a discutere, accettai il mio destino perché consapevole che non sarei riuscita a farlo desistere. "Va bene," mormorai.

La strada da fare non era molta, infatti arrivammo nel parcheggio in fondo al sentiero nel giro di giusto pochi minuti. Feci salire Henry sul retro della macchina e iniziò a scolarsi la ciotola dell'acqua.

Remy sorrise. "Oh, che furbata," commentò, indicando gli asciugamani stesi sul tappetino del mio piccolo SUV.

"Oh, lo so che Henry si sporca sempre, quindi parto preparata." Chiusi il portellone del SUV quando

Henry si sdraiò e poggiò il muso sulle zampe anteriori, poi controllai che i finestrini fossero aperti.

Mi voltai allora verso Remy e lo colsi sul fatto mentre mi ammirava il sedere. Un'ondata di calore mi accese le guance, ma in realtà non mi dispiaceva affatto. Dato che anche a me piaceva rifarmi gli occhi col suo fisico, non volevo essere ipocrita. Non potei comunque resistere dal commentare.

"Mi stavi guardando il culo?"

Capitolo Due

REMY

Rachel Garrett era una donna pericolosa. Come se avesse avuto la parola "pericolo" tatuata sulla fronte. Anche se, in realtà, il luogo più appropriato per un tatuaggio del genere sarebbe stato nella valle tra i seni. Precisamente il punto da cui non riuscivo a staccare lo sguardo.

Mora, occhi azzurro acceso e curve da urlo, Rachel era sexy come il peccato. Il suo caratterino tutto pepe la rendeva ancora più attraente. Per farla breve, era proprio il *mio* tipo. Per l'appunto, l'avevo notata già da tempo. Ormai vivevo a Willow Brook da quasi un anno, dopo essere entrato in una delle squadre di pompieri hotshot della caserma locale.

Rachel l'avevo conosciuta tramite amici in comune, ma non ci eravamo mai ritrovati da soli. In quel momento, aveva chiazze di fango spalmate sul viso, le gambe e le braccia, con tracce anche sulla maglietta e i pantaloncini. Quanto mi sarebbe piaciuto lottare nel fango insieme a lei.

Però ero un gentiluomo. Si era fatta male per colpa

mia e stavo cominciando a preoccuparmi seriamente, dato che zoppicava.

"Mi stavi guardando il culo?" mi chiese.

Colto in flagrante. Proprio così, le stavo ammirando il fondoschiena. Mi ci ero soffermato più del dovuto, perché sentivo di non avere nulla da nascondere. Era un sedere pieno e formoso. I pantaloncini bagnati abbracciavano tutte le curve, lasciando ben poco alla mia immaginazione.

Non ero un coglione misogino, sapevo che non era la *mia* immaginazione che stavano cercando di stuzzicare, ma il mio corpo la pensava diversamente. Mi fermai ad ammirare il panorama, salendo dalle dolci curve del fondoschiena fino al seno rigoglioso, i capezzoli visibili sotto il tessuto umido della maglietta e del reggiseno.

Quando raggiunsi il viso, notai il rossore che le tingeva le guance e lo scintillio nei suoi occhi.

"Sì," risposi, senza vergogna.

Neanche le chiazze di fango bastarono a celare l'imbarazzo che le colorava il volto. Mentre mi guardava, l'aria attorno a noi parve caricarsi di elettricità. Ero convintissimo che tra le lenzuola quella donna fosse una vera tigre.

Era da tanto, troppo tempo, che non mi interessavo a una donna. Non ero certo un monaco, ma in quegli ultimi anni mi ci ero avvicinato molto. Scossi via quei pensieri, riportando la mia attenzione al presente.

Rachel rimase letteralmente a bocca aperta e la richiuse prima di poggiarsi una mano sul fianco, lo sguardo velenoso. Oh, ma lei non poteva neanche immaginarselo quanto mi faceva eccitare vederla così arrabbiata.

"Beh, sei stato maleducato," farfugliò, sollevando il braccio e passandosi il dorso della mano sulla guancia in un inutile tentativo di pulirsi il volto, dato che anche quella era ricoperta di fango.

Mi sfuggì una risata e Rachel mi fulminò nuovamente con lo sguardo. Avvicinandosi, cominciò ad agitarmi un dito davanti alla faccia. "Non è divertente."

"Tesoro, sei ricoperta di fango e sei bellissima. Però hai ragione, non avrei dovuto ridere. Ti chiedo scusa."

Rimase di nuovo a bocca aperta, senza riuscire a dire nulla.

"Come va il ginocchio?" aggiunsi.

Lo piegò e si strinse nelle spalle. "A posto." Detto ciò, mi posò la mano sul petto e mi spinse via.

Maledizione, il suo toccò lasciò come un marchio di fuoco sulla pelle. Senza neanche pensarci, posai la mano sulla sua e feci un passo avanti. Il momento dei giochi era finito.

Volevo baciarla. Oh, quanto volevo baciarla. Ma non potevo farlo, non in quel momento. "Senti, voglio essere onesto con te. Ti desidero. Ti lascio un po' di tempo per pensarci sopra."

Detto ciò, la lasciai andare e indietreggiai. Henry, il suo buffo cane, infilò il muso nella fessura del finestrino e abbaiò. Rachel guardò prima lui e poi me, l'azzurro dei suoi occhi più intenso di prima. "Devo andare," dichiarò, seccamente.

"D'accordo, dolcezza."

Capitolo Tre

REMY

Spostai una sedia da sotto il tavolo con il piede e ci scivolai sopra, rispondendo con un cenno del capo al saluto di Ward Tylor.

Dopodiché, si voltò di nuovo verso Cade Masters, seduto accanto a lui, e ripresero il loro discorso. Mi trovavo al Wildlands, dove avevo raggiunto alcuni miei colleghi con cui lavoravo alla caserma di Willow Brook, Alaska. Il Wildlands era un resort di prima classe per gli amanti delle attività all'aperto, situato sulle acque cristalline del lago di Swan. Il bar e ristorante erano molto popolari tra la gente del luogo.

Il lago di Swan era il fulcro del paesino, un'enorme distesa d'acqua con un pazzesco panorama selvaggio sulla riva opposta, con le montagne sullo sfondo e una moltitudine di resort di caccia e pesca che puntellavano la costa.

Una cameriera mi raggiunse e mi rivolse un sorriso cordiale. "Che ti porto, Remy?" domandò.

"Un boccale di birra della casa alla spina."

"Da mangiare non vuoi nulla?"

"Io prendo un hamburger," disse una voce alle

mie spalle. Mi voltai e vidi Beck Steele che si avvicinava al tavolo. Con un sorrisetto, si sedette accanto a me.

"Idem," aggiunsi, quando la cameriera riportò l'attenzione su di me.

Scrisse l'ordine e schizzò via. Mi abbandonai contro lo schienale e feci vagare lo sguardo per la sala, mentre Beck salutava il resto del gruppo. Dato che a tavola c'erano anche alcune amiche di Rachel, mi domandai se anche lei si sarebbe unita a noi.

Rachel Garrett era riuscita nell'impossibile: ormai si era praticamente accampata nella mia mente. Dopo il nostro ultimo incontro, non avevo più smesso di pensare a lei ed ero impaziente di rivederla. Cosa mai successa prima. A volte il destino ti lancia palle curve che non ti aspetti e il risultato riesce a sconvolgerti completamente la vita, costringendoti a cambiare rotta.

Ed era esattamente ciò che avevo fatto. Ero nato nella Carolina del Nord e lì avevo cominciato la mia carriera di vigile del fuoco. Ma a un certo punto avevo perso le redini della mia vita ed ero stato sbalzato giù dalla sella. Per rimettermi in piedi, avevo seguito il corso di addestramento a hotshot in California e mi ero fiondato a Willow Brook quando si era liberato un posto in una squadra.

La mia terra mi mancava, ma nonostante mi fossi trasferito dall'altra parte del Paese non ero comunque *fuggito*. Non mi era rimasto più nulla da cui poter fuggire. Avevo semplicemente bisogno di un cambio di panorama.

Ero partito con un guscio impenetrabile attorno al cuore, ma Rachel stava riuscendo lentamente a creare qualche crepa. Il mio era un sistema di autodifesa naturale. In fondo, quando perdi tutte le persone a cui tieni di più, può succedere. O almeno era quello che continuavo a ripetermi di continuo.

Mi voltai sentendo il mio nome e trovai Jesse Franklin che mi fissava, in attesa. "Sì?"

"Mi chiedevo se fossi disposto a lavorare nel weekend del Memorial Day. È un periodo piuttosto frenetico, da queste parti, e pare che mezza caserma vada in vacanza."

"Ci sarò. Dimmi solo cosa vuoi che faccia."

"Meraviglioso," rispose Jesse, facendomi l'occhiolino con un sorriso.

"Vieni dalla Carolina del Nord, giusto? Scendi spesso a trovare la tua famiglia?" mi chiese Charlie, la moglie di Jesse. Si erano sposati giusto di recente, nonostante si frequentassero da un annetto. O perlomeno, mi era parso di capire così. Charlie era una bella donna, con lucenti capelli scuri e gli occhi grigi. Era anche molto intelligente e brava nel suo lavoro, cosa di cui potevo essere certo perché ero un suo paziente. Per un hotshot, gli infortuni erano piuttosto comuni, sia lievi che più gravi. Durante un'emergenza, quell'ultimo inverno, mi era caduta addosso una trave. Un chiodo esposto mi aveva tagliato il lato della mano, lasciando una brutta cicatrice. Charlie era riuscita a richiudere la ferita al meglio.

La sua era una domanda perfettamente normale, di pura cortesia. Un senso di oppressione mi strinse il petto, ma mandai giù il dolore e scossi la testa. "Purtroppo no. I miei genitori non ci sono più."

Charlie sbarrò gli occhi per lo stupore e ci mise un attimo a realizzare. "Mi dispiace tanto, Remy. Non ne avevo idea," replicò, il tono caldo e affettuoso.

Il dolore acuto nel cuore si stava già attenuando. Oramai ci avevo fatto l'abitudine. "Non potevi saperlo," le dissi. Dovevo farmi forza ogni volta che pensavo ai miei genitori. Cazzo, quanto sapeva essere crudele la vita.

Una vacanza sulla Costa del Golfo. Un tornado nell'oscurità. Un'unica via e tre case. I miei genitori e altre quattro persone scomparse. Così, da un momento all'altro.

Io e mia sorella minore eravamo rimasti soli. Shay viveva più vicina a casa e mi mancava tanto. Non avevo più di che preoccuparmi perché la più grande minaccia per lei era dietro le sbarre. Scacciai quei pensieri, sentendo lo sguardo angosciato di Charlie addosso.

Attorno a noi, la vita continuava ad andare avanti tra chiacchiere, battute e risate. Dentro di me, invece, sentivo come delle voragini nel cuore che forse sarebbero rimaste lì per sempre.

Charlie mi posò la mano sul braccio, il tocco fresco e delicato. "So cosa significa perdere qualcuno che si ama. Mio padre e mia sorella se ne sono andati troppo presto. Quindi ti capisco. Il tempo aiuta a rimarginare le ferite."

Feci un bel respiro profondo, guardandola negli occhi. "È vero. Grazie," risposi, riuscendo a mandare giù il groppo che mi serrava la gola.

Qualcun altro mi chiamò, scoppiando quella piccola bolla di emozioni in cui mi aveva trasportato Charlie. La sua gentilezza amplificava un poco il dolore. Mi strinse il braccio e poi spostò la mano sul bicchiere che aveva davanti, bevendo un sorso mentre distoglieva lo sguardo. Era come se sapesse che avevo bisogno di cambiare argomento, quindi la ringraziai nel mio cuore.

Mi voltai verso la voce di prima e posai lo sguardo su Beck. Quell'uomo aveva sempre la battuta pronta, ma sul lavoro era affidabile come pochi. "Sì?" risposi, ignorando il bruciore nel petto.

"Oh, mi chiedevo se avessi scommesso qualcosa sul Nenana Ice Classic," ripeté.

"E che accidenti sarebbe?" replicai, grato per la distrazione.

Il sorriso di Beck si allargò, mentre Levi Phillips si voltò per partecipare alla conversazione. Anche lui era un po' il pagliaccio del gruppo, infatti di solito facevano a turno.

"È una scommessa annuale e praticamente devi provare a indovinare quando si spacca il ghiaccio del fiume Nenana," mi spiegò Levi.

"Ma che razza di scommessa sarebbe, ragazzi?"

Alla fine, riuscirono a convincermi a scommettere cinquanta dollari sulla cazzata più assurda che avessi mai sentito in vita mia.

Più tardi, salutai tutti e me ne andai, fermandomi nel mezzo del parcheggio sul retro del Wildlands. L'aria primaverile trasportava ancora il gelo dell'inverno, ma anche gli odori della natura. Fango e foglie, con giusto la promessa del verde che sarebbe arrivato. Presi qualche respiro profondo, ritornando con la mente alle primavere tra i monti della Carolina del Nord.

Erano meno lussureggianti rispetto a quelle in Alaska, ma lo stesso senso di rinascita e di risveglio della natura dal ghiaccio era ancora ben vivido nel mio cuore.

Merda. Ricacciai quel ricordo in un angolino della mia mente. Mi stavo lasciando trasportare troppo dal dolore. Mi mancavano i miei genitori, mi mancavano come l'aria. E mi mancava anche Shay. Però era stata proprio lei a convincermi a intraprendere quella carriera, incoraggiandomi a lasciarmi tutto alle spalle per andare a Willow Brook. Aveva un cuore grande come l'universo e nonostante tutto non si era mai chiusa in se stessa.

Aveva sofferto ancora di più di me, ragione per cui avrebbe dovuto smettere di fidarsi della vita, del mondo e degli imprevisti del destino. Eppure, non l'aveva fatto. Era la personificazione stessa del concetto di speranza. Mi aveva telefonato giusto quella mattina, lasciando un messaggio buffo in segreteria.

Raggiunsi il mio pick-up e mi misi al volante. Dopo aver messo in moto e aver preso la Main Street per attraversare il centro del paese, premetti il numero di Shay sul monitor e misi in vivavoce. Da lei era molto tardi, ma sapevo che avrebbe risposto comunque. Come sempre.

Shay rispose al secondo squillo. "Ehi, Remy," disse con una risata.

"Ehi, piccoletta. Come va?"

Un senso di gioia mi avvolse il cuore. Negli ultimi anni era rimasta tra le poche certezze che riuscivano sempre a strapparmi un sorriso.

"Tutto bene."

"Sei riuscita a sistemarti?"

"Ma certo che sì. Non vivo mica da sola, Remy. E poi sono arrivata qui alla fattoria giusto ieri. Ash starà via per tutto il mese, però c'è Jackson. Sai che non permetterà che mi venga torto un capello."

Sentii un tonfo doloroso al cuore. "Lo so."

L'anno prima, quel pezzo di merda del suo ex le aveva fatto passare l'inferno, ma finalmente era finito in prigione per tutto ciò che le aveva fatto. Per qualche miracolo, era rimasta la stessa Shay gioiosa di sempre. Dopo aver superato il peggio, aveva ricominciato a brillare più luminosa che mai.

L'avevo praticamente costretta a trasferirsi da un mio vecchio compare e sua sorella, già molto amica di

Shay. Non le avrei permesso di vivere da sola perché non sarei più riuscito a dormire la notte per l'ansia.

"E sinceramente non capisco perché ti preoccupi tanto. C'è Jackson che fa tanto il comandino come te, tranquillo. Puoi stare sereno, Remy, davvero."

"Non c'è mica bisogno che me lo dica tu."

Rispose con una lieve risata. "E va bene, come vuoi tu. Tu invece come stai? La primavera è già arrivata?"

"Beh, dato che ci siamo parlati soltanto ieri, nel frattempo si è sciolta giusto un po' più di neve e c'è fango ovunque."

Rise di nuovo. "Già, però mi hai detto che il ghiaccio si scioglie abbastanza in fretta, o no?"

"È vero."

"Aspetta un attimo," disse. Sentivo la sua voce ovattata mentre parlava con qualcun altro. Presi una curva e notai una macchina sul ciglio della strada. Un attimo dopo, Shay tornò al telefono. "Scusami."

"Nessun problema. Però ora devo andare. Ho visto una macchina a bordo strada. Vado a controllare che non sia successo niente."

"Ma certo. Sei sempre tanto premuroso, Remy. Ti voglio bene."

"Ti voglio bene anche io, Shay. Ci sentiamo presto."

Chiusi la telefonata e rallentai, fermandomi dietro l'auto che aveva le quattro frecce. Le accesi anche io prima di scendere. Mi fermai davanti al lato del conducente e picchiettai le nocche sul finestrino, notando un qualcosa di familiare nel piccolo SUV.

L'autista abbassò il finestrino e mi trovai davanti gli occhi azzurri di Rachel, la fioca luce nell'abitacolo che si rifletteva sui capelli scuri. Nel momento stesso in cui i nostri sguardi si incrociarono, un'ondata di desiderio mi pervase. Quella donna mi teneva per le palle.

Capitolo Quattro

REMY

"Remy?"

"Proprio io, dolcezza. Hai qualche problema alla macchina?"

Rachel distolse lo sguardo e poi poggiò la testa al sedile, riportando gli occhi su di me. "Credo di avere una gomma a terra. Mi sono appena fermata e stavo giusto per chiamare qualcuno."

"*Credi* di avere una gomma a terra?"

"Beh, la ruota anteriore stava facendo uno strano fruscio. Fidati, volevo fare tutta una tirata fino a casa comunque, ma poi ha vinto la ragione."

"Do un'occhiata," le dissi, muovendomi davanti all'auto. Difatti, nel lieve bagliore delle quattro frecce, riuscivo a vedere la gomma a terra.

Mi resi conto di avercela accanto soltanto quando mi tirai su e le finii contro. Era una serata buia e fredda. Nonostante fosse già cominciata la primavera, pareva ancora inverno. Quando mi scontrai con il corpo formoso di Rachel, ci misi un attimo a registrare il suo seno rigoglioso premuto al mio petto. Per un breve istante, percepii i capezzoli duri attraverso il tessuto della sua maglietta.

Porca troia. Pensare di baciarla era una pessima idea, ma i miei occhi erano come calamitati dalle sue labbra piene e carnose. Ero davvero curioso di gustarne il sapore.

Fece subito un passo indietro. "Scusami," disse, la voce roca.

La sera prima, pensando a Rachel — come ormai facevo in ogni momento della giornata — avevo trovato che avesse una voce sexy come il peccato, sempre un poco roca e ruvida.

"Mica ti devi scusare. Comunque hai ragione, hai la gomma a terra. Te la cambio io."

"Oh, sul serio?"

Distolsi lo sguardo da quelle labbra appetitose e annuii. "Ma certo, dolcezza. Hai quella di scorta?"

"Sì, ce l'ho!" Roteò su se stessa e corse sul retro della macchina. Era un veicolo compatto, uno di quei piccoli SUV con la ruota di scorta montata sul portellone.

La seguii e rimasi in attesa mentre apriva la custodia.

"Purtroppo io non ci sono proprio capace," disse, guardandomi con un sorriso timido sulle labbra.

"Nessun problema. Non sai quante volte l'avrò già fatto, dolcezza."

Rachel rimase a fissarmi per qualche istante. Benché si vedesse gran poco, mi parve di notare un leggero rossore sulle sue guance. Ricordai a me stesso che ero lì per aiutarla a cambiare una maledettissima ruota, non per baciarla fino allo sfinimento. Dovevo tenere a bada i miei impulsi.

"Immagino. Odio dover dipendere dagli altri, ma

lascio fare tutto a te. Non so neanche come tirarla fuori da qui," commentò, indicando la custodia.

Sfilai il telefono dalla tasca e accesi la torcia, per poi passarlo a lei. "Tienimi questo, per favore."

"Certamente."

Puntò la torcia verso la piccola borsa degli attrezzi impermeabile, dentro la custodia. Mi misi dunque al lavoro e, una volta svitata la ruota, presi anche il cric e tornai dall'altro lato dell'auto.

Ci avrei messo giusto qualche minuto, se Rachel non avesse cominciato a farmi domande su ogni passaggio. Ero lì, in ginocchio, con lei alle spalle che osservava. Non che la vicinanza mi infastidisse, affatto. Però c'era un problema bello grosso. Me l'aveva fatto venire durissimo. Cristo santo, mentre cambiavo una gomma!

"Quello invece cos'è?" mi chiese, per la ventesima volta.

"Questa?" replicai, tenendo in mano la chiave a croce.

"Mmhmmh. Ce l'hanno tutte le macchine?"

"Certo, dolcezza. Tutti i veicoli sono dotati di ruota di scorta, cric e una chiave a croce per i bulloni, come questa qui."

Detto ciò, cominciai ad avvitare rapidamente i bulloni della ruota nuova. Avevo già verificato che la pressione fosse ideale, prima di montarla. Per mio immenso dispiacere, era tutto nella norma. Purtroppo, non avevo più alcuna scusa per riaccompagnarla a casa io stesso.

"Wow, certo che si impara qualcosa di nuovo ogni giorno. Adesso so come cambiare una gomma," disse, mentre stavo abbassando il cric.

"Torna sempre molto utile," commentai, cercando di aggiustare il pacco senza dare dell'occhio.

L'erezione premeva imperterrita contro la zip, continuando a ignorare i segnali razionali del cervello. Non era affatto il momento giusto per fantasticare in quel modo su di lei.

Feci per sollevarmi, ripulendo le mani sui jeans, ma colpii con la spalla la testa di Rachel. Sollevai lo sguardo e trovai i suoi occhi a pochi centimetri dai miei. Aveva un fisico compatto e formoso, quel genere di donna che avrei sollevato con estrema facilità per affondare in lei, le sue gambe avvolte attorno alla vita.

Il tempo parve fermarsi. O meglio, era come se il mondo intero si fosse fermato per quell'istante così intenso. Dopodiché, l'aria si caricò di elettricità, che vibrava tra i nostri corpi. Lo sguardo fisso nel mio, Rachel dischiuse appena le labbra e fece schizzare fuori la lingua, facendola scivolare sul labbro inferiore.

Un desiderio ardente mi esplose dentro, riducendo in cenere la ragione. Prima che potessi fermarmi, raddrizzai la schiena e le spostai dietro l'orecchio una ciocca di capelli che le era ricaduta sugli occhi. Era come se la mia mano si stesse muovendo da sola. Al passaggio delle mie dita, sentivo che si lasciavano dietro una scia di pelle d'oca. E poi, d'istinto, chinai la testa. *Dovevo* baciarla. Punto.

Come le nostre bocche si trovarono, l'aria intorno a noi prese a crepitare, mentre desiderio liquido mi schizzava nelle vene. Aveva le labbra tanto soffici e calde, in contrasto con il freddo che ci circondava. Posai le labbra sulle sue una volta, due volte e poi di nuovo. Sollevai leggermente la testa e le chiesi, "Dolcezza, tu vuoi baciarmi?"

Sentivo il suo respiro caldo sul viso. Mi costrinsi a ignorare i miei impulsi famelici e aspettai una risposta. Sapevo benissimo cosa volevo, ma dovevo assicurarmi che fossimo sulla stessa lunghezza d'onda.

"Sì," mormorò, in una nuvoletta di condensa. Bastò quella parola di assenso ad accendermi un fuoco dentro.

Quando le nostre labbra si trovarono di nuovo, alte fiamme ci avvolsero, trasportandoci nel cuore di un vero e proprio incendio. Un'altra carezza sulla sua bocca e poi cominciai a divorarla quando si lasciò sfuggire un gemito.

Intrecciando le dita ai suoi capelli setosi, mi voltai e la intrappolai tra le braccia contro la sua auto. Baciava da dio, dolce e delicata. Sapeva di miele e profumava di zucchero. Mentre le nostre lingue danzavano insieme, mi fece scivolare una mano lungo la schiena, premendosi a me. Il suo corpo era così soffice, sinuoso e generoso.

Mi persi completamente in quel bacio, avvolto dall'oscurità, sul ciglio della strada.

Rachel era presa quanto me. I movimenti lenti e sensuali divennero sempre più frenetici, famelici. Mi stava facendo impazzire.

La carezzai la curva del fianco, scendendo fino a palpare il sedere delizioso. Mi sfuggì un grugnito quando inarcò il bacino contro di me e cominciai a strofinarle addosso l'erezione.

All'improvviso, i fanali di una macchina che girava l'angolo ci illuminarono. Avevo dimenticato tutto quanto, tutto tranne lei.

Rallentai il ritmo, senza ancora volermi fermare, anche se avrei dovuto farlo presto. A malincuore, la lasciai andare e sollevai la testa, portando lo sguardo prima sul cielo stellato e poi di nuovo su di lei. "Dolcezza, baci come un angelo."

Rachel ridacchiò ed ero certo di vedere un acceso rossore sulle sue guance. "E tu invece come un diavolo tentatore," ribatté.

"Ti seguo a casa," le dissi, facendo un passo indietro.

L'altra macchina era abbastanza vicina da vedermi. Non che potesse fregarmene un fico secco se qualcuno mi avesse visto baciare e palpare Rachel sul ciglio della strada. Ma non volevo mancarle di rispetto e non ero certo che anche lei la pensasse come me. Non vivevo da molto tempo lì a Willow Brook, ma sapevo che in un paesino così piccolo era molto probabile che quell'autista conoscesse almeno uno di noi, se non entrambi.

"Perché dovresti? Non ce n'è bisogno."

Proprio come previsto, il veicolo rallentò accanto a noi e l'autista abbassò il finestrino. "Mi sembrava di aver riconosciuto il tuo pick-up, Remy. Oh, ciao, Rachel," commentò Beck, guardando prima uno e poi l'altra. "Tutto bene?"

Io e lei eravamo ormai a distanza di sicurezza, quindi non avremmo destato alcun sospetto. Per quanto il mio corpo stesse provando a protestare, continuavo a ignorarlo.

"Avevo una gomma a terra e Remy si è fermato a cambiarla," rispose Rachel. "Adesso vuole seguirmi fino a casa. Non lo trovi assurdo anche tu?"

Beck sorrise e i suoi denti bianchi brillarono nel buio. "No. Non ci si può fidare delle ruote di scorta. È un vero miracolo che fosse gonfia, sai. Immagino che Remy l'abbia controllata, prima di montarla."

Rachel si voltò a guardarmi.

"Certo che sì."

"Appunto. Beh, io devo tornare a casa. Maisie mi sta aspettando. Ho una bimba da mettere a nanna. Questa sera l'ha fatta dannare," ci spiegò.

"Buonanotte," lo salutai, prima che ripartisse.

Avevo la sensazione che Rachel avesse qualcos'altro

da dire, ma non lo fece. Invece, fece il giro della macchina.

"Che c'è, dolcezza?"

Si voltò a guardarmi. "In che senso?"

"Stavi per dire qualcosa, o sbaglio?"

Socchiuse gli occhi e poi gettò indietro la testa con una risata. "Forse. Ma adesso non te lo dico."

Detto ciò, si girò dall'altra parte e si allontanò, ondeggiando in modo spettacolare i fianchi.

La seguii fino a casa, nell'oscurità. Il viaggio fu breve, ma passai ogni singolo secondo a pensare a lei.

Erano trascorsi tre lunghi anni da quando la morte dei miei genitori aveva squarciato il mio cuore, lasciando un vuoto incolmabile nella mia vita. Ridere era diventata cosa ben rara, ma Rachel riusciva comunque a farmelo fare. Non dico che non mi piacesse fare battute. Alla fine con gli amici veniva naturale. Le vecchie abitudini sono dure a morire, in fondo.

Quelle brevi interazioni con Rachel mi avevano ricordato cosa fosse la gioia vera. Era riuscita a riportarne almeno un poco nella mia vita, sussurrando al mio cuore che forse un motivo per continuare a battere ce l'aveva ancora. Non che volessi morire, certo che no. Ma la vita aveva davvero esaurito tutte le mie forze. Prima, la morte dei miei genitori, e poi i momenti bui che quel bastardo aveva fatto passare a mia sorella.

Rachel era speciale, minava alla mia sanità mentale ma era anche così deliziosa che non riuscivo a starle lontano. La volevo talmente tanto da arrivare a baciarla come un idiota sul ciglio della strada. Tuttavia, sapevo che la nostra sarebbe stata una strada accidentata.

Seguii il bagliore dei fanali posteriori nell'oscurità, chiedendomi dove mi avrebbe portato.

Capitolo Cinque

RACHEL

Con mani tremolanti, svoltai nel vialetto di casa. L'incontro con Remy mi aveva turbata nel profondo. Se Beck non ci avesse interrotti, probabilmente ci saremmo spinti molto oltre.

Una cosa erano i baci e un'altra erano i baci di Remy. Accidenti, non conoscevo nessuno che baciava come lui. Le carezze della sua lingua e il suo corpo solido e muscoloso premuto contro il mio mi avevano quasi fatta impazzire di desiderio, risvegliando un profondo bisogno di perdermi completamente in lui.

Ecco, Remy era riuscito nell'impossibile. Era riuscito a farmi dimenticare tutto, a smuovermi qualcosa dentro. Probabilmente non mi sarei fermata finché non avessi ottenuto ciò che volevo. Riusciva a farmi dimenticare il modo in cui la mia autostima era stata calpestata, rendendomi più cauta e prudente con gli uomini. Però con lui era tutto così semplice, naturale e spontaneo.

Avevo promesso a me stessa che non sarei mai più stata vulnerabile, ma lui aveva cambiato le carte in tavola.

Infatti era pericoloso. Ancora peggio, però, sentivo che mi avrebbe protetta dal mondo intero. Emanava una forza particolare, come acciaio ricoperto di velluto. E con velluto non mi riferivo soltanto alle sue parti basse.

Mi fermai nel vialetto circolare davanti a casa mia e sentii i guaiti di Henry quando scesi dall'auto. Amavo tornare a casa dal mio cane. Quando qualcuno si avvicinava, io compresa, doveva annunciarlo al mondo intero.

Presi un respiro tremolante, nel fallimentare tentativo di ordinare al mio cuore di rallentare e alle farfalle nello stomaco di fermarsi. Non mi diedero retta.

Avrei voluto fuggire via, senza neanche dargli la buonanotte. Però sarebbe stato maleducato, da parte mia. Remy mi aveva cambiato la gomma *e* si era pure assicurato che tornassi a casa sana e salva. Non l'avrei mai ammesso ad alta voce, ma quel pensiero così premuroso per me significava tanto.

Remy stava già scendendo dal pick-up prima ancora che potessi formulare un piano. Con gli uomini dovevo prestare la massima cautela. Ma quando si trattava di lui non riuscivo proprio a ragionare. Non mi ero mai sentita così scossa dal desiderio, in vita mia.

Quando mi voltai a guardarlo, col lieve bagliore dal porticato che illuminava la sua figura, il fiato mi si mozzò in gola. All'improvviso, fui trasportata in un vecchio ricordo. Un senso di paura mi paralizzò, facendomi tremare.

Grazie al cielo che Remy era lì con me. Per riportarmi coi piedi per terra, provai a concentrarmi su di lui. Era alto e forte e, stranamente, non mi sentivo neanche un po' intimidita dalla sua presenza.

Non sapevo cosa vide sul mio volto, ma mi raggiunse con due rapide falcate e mi studiò il viso con i suoi meravigliosi occhi verdi. "Che succede, dolcezza? Hai la faccia di una che ha appena visto un fastasma."

Ripigliati, Rachel. È soltanto Remy. Sei al sicuro. Al sicuro, sicuro, sicuro...

La parola riecheggiò nella mia mente.

Dentro di me sapevo di potermi fidare di Remy, che con lui sarei stata al sicuro. Per qualche motivo, avevo deciso di dare retta al mio istinto. Per me voleva dire tanto. Però, proprio per quel motivo, quell'uomo era nocivo per la mia sanità mentale. Non potevo contare su nessun altro se non me stessa.

Ma in quel momento la ragione era andata a farsi benedire. Ogni tanto la memoria si comportava in modo strano. Ti aggrediva così, di punto in bianco, nei momenti più bizzarri. Magari attirata da un odore, un momento della giornata, un colore, un suono. Oppure, come in quel caso, da un uomo che mi camminava incontro. Ma quel lampo di paura che mi attraversò fu molto breve. Perché, appunto, mi sentivo assolutamente al sicuro. Era una sensazione inaspettata, che mi lasciò di stucco.

Remy fece un altro passo in avanti. Il mio cuore era in completa rivolta contro la mente e non voleva dare retta ai miei comandi. Con un nodo allo stomaco e il respiro bloccato in gola, sollevai lo sguardo sul suo.

Volevo che mi baciasse. Quell'ondata di desiderio era incomprensibile, dopo un momento così intenso come il precedente.

"Che succede, dolcezza?"

Il timbro profondo della sua voce mi colpì dritto al cuore e mi trasmise brividi caldi che incresparono la superficie della pelle. Mandai giù il groppo alla gola e tirai un respiro tremolante, in preda al turbamento interiore.

"Sto bene," gli risposi infine, la voce rauca. Mi sentivo disorientata, sballottata in un vortice in cui emozioni confuse e i fantasmi del mio passato si scontravano tra di loro, senza un senso logico.

Henry abbaiò con forza e un sorriso incurvò le labbra di Remy, tanto accattivante che il mio stomaco prese a fare le capriole. "Henry non permetterebbe mai a nessuno di avvicinarsi a te, vero?"

Lui non poteva saperlo quanto quella domanda mi facesse sentire vulnerabile e quanto fosse importante che Henry non facesse avvicinare assolutamente nessuno. Un mix di emozioni mi chiuse la gola — sollievo, serenità perché Remy era lì al mio fianco e i rimpianti per gli errori del mio passato.

"No, non lo permetterebbe mai," dissi, voltandomi dall'altra parte perché non mi leggesse in faccia quanto mi sentivo a disagio. Feci un passo nella direzione opposta, ma inciampai su una delle pietre del sentiero che portava ai gradini dell'ingresso. Prima che potessi scivolare, però, Remy mi prese per mano e mi resse in piedi.

Non disse nulla e quel senso di conforto che provavo in sua compagnia mi stupì nel profondo. Nonostante non avessimo mai passato tanto tempo insieme, in una cittadina tanto piccola come Willow Brook era normale che le nostre cerchie di amici si scontrassero. Mi era sempre parso un vero gentiluomo, tranquillo e pacato. Avevo sentito non pochi commentini femminili sulla sua incredibile bellezza e su quanto fosse sexy il suo accento del sud.

Infatti, quell'uomo era tremendamente affascinante e attraente. Era impossibile negarlo. Emanava una virilità difficile da ignorare.

Eppure, dopo quel piccolo assaggio che mi aveva dato, dopo che gli avevo permesso di spingersi dove non credevo avrei più fatto arrivare nessun altro uomo, non mi sentivo più calamitata soltanto dal suo bell'aspetto o dalla sua voce. Ma piuttosto, da quel senso di pace e di serenità che provavo in sua compagnia, come se con la sua forza riuscisse ad avvolgermi in un guscio protettivo.

Oh, e mi faceva anche eccitare come *mai* in vita mia.

Salii i gradini e mi fermai davanti al portone, le dita ben strette attorno alle chiavi. E meno male, dato che avevo ancora la mente annebbiata da quel bacio inebriante e avrei rischiato di lasciarmele sfuggire dalle dita.

Dopo averle girate nella serratura, mi voltai verso Remy. "Grazie per la ruota e per avermi accompagnata a casa."

"L'ho caricata sul retro della mia auto. Domani te la riparo," rispose.

In effetti, quel bacio mi aveva turbata talmente nel profondo che manco mi ero preoccupata di cosa ne avesse fatto di quella ruota.

"Non c'è..." cominciai, fermandomi quando lo vidi scuotere la testa.

"Ci penso io, dolcezza. Dammi il tuo numero, così domani posso chiamarti per avvisarti quando è pronta."

Sfilò il telefono dalla tasca e gli recitai il mio numero, che inserì tra i contatti. Con Remy, non riuscivo mai a dire di no. Né ai baci, né al suo soccorso sul ciglio della strada, né a nulla.

Mi vibrò il telefono in tasca.

"Ti ho mandato un messaggio, così anche tu hai il mio numero," disse facendomi l'occhiolino.

Rimasi a fissarlo, annuendo. Al che, chinò la testa e carezzò le mie labbra con le sue. Fu un bacio fuggevole, completamente diverso da quello ardente e selvaggio di pochi minuti prima. Nonostante ciò, il leggero contatto mi scatenò dentro un'ondata di calore. Quando Remy sollevò la testa, le mie labbra presero a fremere.

"Buonanotte, Rachel."

Sentii la mia voce che ricambiava, mentre i rumori che stava facendo Henry dall'altra parte della porta mi riportarono alla realtà. Entrai in casa e rimasi ad ascoltare i passi di Remy mentre scendeva le scale.

Quella notte, mi addormentai pensando a lui.

Capitolo Sei

RACHEL

"Ehi, mi servirebbe un favore," disse Charlie, una delle mie più care amiche, dalla porta del mio ufficio.

Sollevai lo sguardo. "Certo. Dimmi tutto."

Lavoravo alla clinica di Willow Brook come assistente medico, mentre invece Charlie era una dottoressa. Aveva i capelli scuri raccolti in una coda di cavallo, tra cui spuntava qualche ciocca viola. Sua figlia Emily si divertiva tantissimo a tingerli e Charlie le aveva dato il permesso di sbizzarrirsi.

Salvai un commento che avevo appena aggiunto alla cartella clinica di un paziente. Oltre al lavoro alla clinica, mi occupavo anche di organizzare i dati dell'ospedale locale. Ero lì da tempo, da prima che Charlie si trasferisse in città, come assistente del dottor Johnson. L'aveva assunta perché ormai era avanti con gli anni e aveva bisogno di una mano.

"Mi hanno appena chiamata dall'ospedale per un'emergenza. Non è che potresti passare tu a prendere Em a scuola e a portarla in caserma? Questo pomeriggio lavora, e saltare il turno la distruggerebbe," mi spiegò Charlie.

"Certamente. Ho appena finito. A che ora è che suona la campanella?"

"Alle tre. Ti aspetterà fuori. Le scrivo che passi tu. Grazie mille. Ora devo scappare, ok?"

"Nessun problema," risposi, anche se ormai era già corsa via.

Avevo soltanto dieci minuti per arrivare in orario a scuola, quindi sbrigai giusto un altro paio di cose prima di uscire. Mi fermai davanti al liceo di Willow Brook e trovai Emily che mi aspettava nel solito posto. Non era certo la prima volta che Charlie mi aveva chiesto il favore di farle da tassista. Ma non mi dispiaceva affatto. Anzi, lo facevo molto volentieri. Em era un vero spasso. Come quasi tutti i ragazzini della sua età, con me si lasciava andare molto di più che con sua madre.

Quando notò la macchina, mi salutò. Teneva i capelli molto corti, con le punte scure tinte di viola che brillavano sotto il sole. Lanciò lo zaino sui sedili posteriori e poi salì accanto a me, lanciandomi un'occhiata mentre si sistemava gli occhiali sul naso.

"Ehi, oggi è toccato a te farmi da autista, eh?"

"Eh, già." Prima di partire, feci passare un'auto che doveva caricare un altro studente. "Molto bene. Hai una decina di minuti per aggiornarmi su tutto quello che è successo in quest'ultima settimana. Come vanno le cose con Aaron?" le chiesi, riferendomi al suo ragazzo.

"Oh, niente di nuovo. Sto ancora decidendo se farci sesso o no," rispose lei, con estrema nonchalance.

Spinsi il piede sul freno quando raggiunsi uno stop. "No!"

Em scoppiò a ridere. "Sto scherzando, tranquilla. Ho detto a Charlie che non rientra ancora nei miei piani. Però mi ha fatto comunque prendere la pillola. Direi che è una cosa positiva, no?"

"Assolutamente. Però mi stai giusto prendendo per i fondelli, vero?" Temevo davvero che stesse prendendo in considerazione l'idea di fare sesso.

"Ma certo. Charlie è molto meno stravagante di te e molto più pratica, quindi ha insistito perché cominciassi con la pillola," rispose Em, con una scrollata di spalle.

"Perché è una dottoressa e sa quanto è facile rimanere incinta," dissi con una risata, svoltando sulla Main Street.

Em chiamava Charlie per nome perché era allo stesso tempo sua zia e sua mamma. La madre di Em, ovvero la sorella di Charlie, era morta qualche anno prima per un cancro. Prima di lasciare sua figlia, aveva chiesto a sua sorella il favore di adottarla.

"Stai cercando di dire che a lei fa meno impressione l'idea che tu possa fare sesso?"

"Proprio così. Non vuole che lo faccia alle sue spalle e mi ha chiesto di essere onesta. Dopo il discorsetto, mi ha dato una manciata di preservativi e ho cominciato a prendere la pillola. Le ho detto che mi sarebbe bastato soltanto uno dei due, ma si è rifiutata categoricamente. A quanto pare, fare sesso protetto non significa solo evitare una gravidanza. Però sono piuttosto sicura che anche lui sia vergine, quindi per il momento siamo a posto così."

Il mio cervello minacciava di esplodere da un momento all'altro. Em era una ragazzina dolce, ribelle e tutto pepe. Non riuscivo proprio a *concepire* l'idea che potesse fare sesso. Sospirai interiormente. In fondo, non potevo permettermi di giudicare, avendo perso io stessa la verginità durante gli anni delle superiori. Ma guardando Em, non volevo che cominciasse a fare sesso, per quanto non fossero assolutamente affari miei. Era meglio cambiare argomento, dato che il discorsetto gliel'aveva già fatto Charlie. "D'accordo, per il resto come va tra di voi?"

"Con Aaron tutto bene, nulla di troppo entusiasmante. Ma mi piace questa monotonia. Abbiamo pure smesso di fumare. Non so cosa sia peggio tra le sigarette e il sesso."

"Entrambi," affermai con convinzione.

Em alzò gli occhi al cielo, proprio quando cominciai a rallentare per entrare nel parcheggio della caserma e della stazione di polizia. L'anno prima, dopo essere finita nei guai con la scuola perché l'avevano trovata a fumare sotto gli spalti del campetto, aveva cominciato a lavorare alla caserma per punizione, sotto raccomandazione di Jesse, ovvero il marito di Charlie, che faceva proprio parte di una delle squadre di hotshot. Em adorava il suo lavoro, che svolgeva tre giorni alla settimana dopo la scuola.

Il mio cuore mancò un battito quando vidi il pickup di Remy parcheggiato. Avevo accompagnato lì Em tantissime volte, ma non mi ero mai soffermata a fare il calcolo di chi ci fosse o meno.

Quella mattina Remy mi aveva scritto per informarmi che aveva riparato la ruota. Prima di lasciare l'ufficio, l'avevo avvisato che sarei passata dalla caserma. Ancora non mi aveva risposto, quindi non sapevo nemmeno se ci fosse davvero.

Quando scesi anche io dall'auto insieme a Em, mi lanciò un'occhiata confusa. "Oh, ieri sera ho bucato una gomma e Remy mi ha trovata sul ciglio della strada. Si è fermato a cambiarla e oggi l'ha riparata," le spiegai.

"Oh, forte. Remy è fantastico," rispose recuperando lo zaino per poi passarselo sulla spalla.

Al solo pensiero di rivedere Remy, fremevo tutta dalla testa ai piedi. Quell'uomo si era ben ancorato nella mia mente. Chissà quante volte avevo già rivissuto il bacio della sera prima. Seguii Em dentro e poi mi salutò con la mano, correndo lungo il corridoio per raggiungere l'ingresso dell'edificio. "Grazie per il passaggio. Oggi lavoro alla stazione di polizia."

Le mandai un bacio. "Ci vediamo domani pomeriggio." Il giorno seguente, come tutti i venerdì, sarebbe passata alla clinica per aiutare con l'archiviazione di dati.

Ero quasi arrivata a metà del corridoio, diretta verso la reception per chiedere a Maisie se Remy fosse da quelle parti. In quel preciso istante, l'uomo in questione uscii all'improvviso da una porta, con un asciugamano gettato sopra le spalle. Mi si seccò la gola e un fuoco mi pervase tutta.

Remy era a torso nudo e alcune goccioline gli facevano brillare la pelle. Doveva appena essere uscito dalla doccia.

Oh. Mio. Dio.

Quell'uomo era un capolavoro. Ogni muscolo era perfettamente delineato, dai pettorali agli addominali. Indossava un paio di jeans che gli ricadevano morbidi sui fianchi, lasciando in bella mostra la V sensuale che si stringeva per poi scomparire sotto il tessuto.

Santo cielo. *Quanto* avrei voluto poter vedere anche il resto.

"Ciao, dolcezza."

Il suo accento un poco rauco mi strappò da quelle fantasie sconce.

Riportai lo sguardo sul suo viso, le guance in fiamme. Remy non disse una parola, ma l'aveva senz'altro capito che me lo stavo mangiando con gli occhi. Non gli avrei comunque chiesto scusa. Di sicuro era ben consapevole del suo fascino irresistibile. Da quando si era trasferito a Willow Brook, si era formata una lunga fila di donne che avrebbero usato volentieri il suo corpo come parco giochi. Dovetti fare appello a tutto il mio autocontrollo per non toccarlo.

La sua mera presenza e il suo sguardo intenso bastarono a farmi eccitare, tanto che cominciavo a sentire le mutandine umide.

In contrasto al suo aspetto glorioso, io ero ancora vestita per il lavoro, con una pratica divisa operatoria. Quella in particolare era rosa shocking, con un coniglietto sulla spalla. Me l'aveva regalata Em perché, a detta sua, io e sua madre avevamo uno stile a dir poco noioso. Così, aveva comprato a entrambe un mix di divise dai colori accesi, abbellite da decorazioni adorabili.

Dopo una lunga e faticosa giornata di lavoro, avevo tutti i capelli spettinati, raccolti in una coda sbilenca. Quel mattino avevo pure dimenticato le lenti a contatto, quindi portavo gli occhiali. Mi sentivo a dir poco trasandata e in imbarazzo.

Remy rimase in silenzio mentre il suo sguardo vagava sul mio corpo, per poi ritornare nel mio. Sentivo i capezzoli premere contro il tessuto, come per salutarlo.

Quando i nostri occhi si incontrarono di nuovo, non mi sentii più trasandata. Neanche un po'. Le fiamme che gli ardevano negli occhi mi scatenarono un incendio dentro. Avevo completamente scordato la ragione della mia visita.

"Ehm, ho dato un passaggio a Em. Charlie è stata chiamata in ospedale per un'emergenza," affermai, alla fine.

Remy annuì, inclinando la testa di lato. "Sì, ho letto il messaggio."

"Oh, aspetta! Hai la mia ruota!"

Oh, mio Dio. Che figura da svampita.

Ma perché diamine l'ho detto a voce alta? Magari un giorno imparerò a tenere a freno la lingua, ma a quanto pare la strada da fare è ancora lunga.

Il lento sorrisino di Remy mi smosse qualcosa dentro e temevo quasi di sciogliermi ai suoi piedi. "Aspettami giusto un attimo, vado a prendere una maglietta. La ruota è sul retro."

La tentazione di dirgli che non ce n'era bisogno era forte, ma riuscii a trattenermi. Però non mi sarebbe affatto dispiaciuto vederlo sempre, *sempre*, a petto nudo.

Capitolo Sette

RACHEL

Rischiavo di staccarmi la lingua coi denti, ma riuscii a tenere la bocca chiusa. Remy si voltò e scomparì oltre una porta. Tornò poco dopo con una maglietta nera che copriva il petto glorioso e una giacca agganciata alle dita. I capelli biondi erano ancora umidi, gli occhi verdi messi in risalto dalla pelle leggermente arrossata.

Non immaginarti Remy nudo sotto la doccia.

Ma la mia mente agì per conto proprio e mi mostrò esattamente quelle immagini, facendomi fremere dal desiderio. La sua presenza emanava un'aura di forza. Profumava di pulito e avrei tanto voluto affondare il naso nel suo petto per inspirarlo a pieni polmoni. E volevo anche baciarlo. Fino allo sfinimento.

Attraversammo il corridoio in silenzio, mentre un vortice di emozioni mi turbinava dentro. Sapevo cosa volevo. Remy.

Onestamente, non pensavo che avrei mai più provato attrazione verso un uomo. Quel desiderio così improvviso mi aveva destabilizzata, riuscendo ad abbattere le mie difese.

Avevo tutti i miei buoni motivi per tenermi alla

larga dalle relazioni sentimentali. Forse era giunto il momento di ricordare a me stessa quanto ciò che stavo facendo fosse folle. Eppure, una voce tonante riecheggiò nella mia mente, una voce presuntuosa di cui sentivo di non potermi fidare.

Fidati del tuo istinto. Con Remy ti senti al sicuro. Non è come Bruce. Non puoi passare la vita da sola. Beh, in realtà potresti anche farlo, ma non per questo motivo. Mi pare un po' troppo deprimente.

Attraversammo una sala relax dotata di cucina e salotto con un televisore alla parete, davanti a cui quattro ragazzi stavano giocando animatamente a un videogioco. Ce n'era un altro spento davanti a un divano, sopra cui c'era qualcuno addormentato. Avevano anche una palestra adiacente, dove diverse persone si stavano allenando.

Non era la prima volta che visitavo il retro della caserma, avendo tanti amici tra le varie squadre. Decisi di mettere me stesa alla prova. Mi voltai verso il vetro che dava sulla palestra e restai a guardare alcuni ragazzi dal fisico statuario che facevano sollevamento pesi. Il mio corpo non provò assolutamente nulla. Non ero certo cieca. Il loro fascino virile e primitivo era oggettivo, ma tutto lì. Nessuna scintilla, nessuna chimica, nessun pensiero sconcio.

Provai a convincermi che magari dentro di me si era finalmente attivato qualcosa che mi faceva sentire così attratta da Remy. Però, in quel caso, anche quei ragazzi sexy da morire avrebbero dovuto farmi almeno il *minimo* effetto.

Nulla. Non sentivo proprio nulla. Mi voltai verso Remy, che stava parlando con qualcun altro. Con la mente altrove, non avevo sentito neanche una parola.

I lineamenti cesellati del suo viso e quelle labbra

carnose incurvate in un sorriso malizioso avevano un'aria deliziosa.

Più tardi, lo seguii fuori e provai un sollievo immenso quando l'aria fresca carezzò la mia pelle incandescente. Ero tutta un fuoco e avevo bisogno di una bella doccia fredda per placare i bollenti spiriti. Per il momento, dovevo accontentarmi.

Anche se vederlo mezzo nudo mi aveva fatto dimenticare completamente il vero motivo della mia visita, al mio arrivo avevo strategicamente parcheggiato accanto a lui. Remy si fermò dietro il pick-up, sollevò la copertura e tirò fuori la mia ruota con un braccio solo. Il modo in cui si flettevano i muscoli era un piacere per gli occhi. Non mi ero mai soffermata troppo a guardare le braccia degli uomini, ma quelle di Remy erano nerborute, con un velo di peluria bionda sulla pelle dorata.

Ripensai a quando, la sera prima, mi aveva stretta tra quelle braccia. Un'altra vampata di calore mi pervase e dovetti ordinare al mio corpo di calmarsi.

"Vuoi che te le scambi io?" mi chiese.

La sua mera presenza mi annebbiava la mente.

Dopo una lunga pausa, mi costrinsi a rispondergli. "Non ce n'è bisogno. Posso benissimo..." Mi fermai quando un sorriso gli sfiorò le labbra. "Che c'è?"

"Beh, ieri sera non avevi la più pallida idea di come cambiare una gomma, quindi non puoi essere già diventata un'esperta. Lascia fare a me. Mi pare il minimo che possa fare."

Beh, come avrei mai potuto dirgli di no?

Cambiò la gomma nel giro di pochi minuti. Si strofinò le ginocchia e poi si alzò in piedi, prendendo con una mano la ruota di scorta e spostandosi dietro il SUV. La ripose nella custodia ancora prima che potessi avvicinarmi a sbirciare.

"Esci a cena con me."

La sua voce mi scivolò addosso come miele. Cristo, avrei passato ore intere ad ascoltarlo parlare. Di qualunque cosa. Annuii all'offerta senza quasi rendermene conto. Santo cielo.

Un sorrisetto gli incurvò l'angolo della bocca e, di riflesso, sentii i capezzoli inturgidirsi. Sollevai lo sguardo su di lui, le guance in fiamme, e ripensai alla sensazione delle sue labbra morbide sulle mie.

"Quindi è un sì?" mi domandò, per confermare.

Non puoi dire di sì. Ma quella nuova voce, piena di grinta, non esitò a rispondere. *Eccome se posso.*

"Sì ," dissi, col fiato mozzato, rendendomi probabilmente ridicola.

I raggi del sole bagnavano gli alberi del boschetto oltre il parcheggio. Presi un bel respiro e i profumi della natura mi invasero le narici, abeti rossi e il terreno reso umido dal ghiaccio che finalmente si stava sciogliendo.

E poi c'era Remy. Santo cielo, il suo profumo era come una droga: delicato ma allo stesso tempo ricco e muschiato, che trasmetteva la stessa virilità che trasudava con assoluta facilità.

"Allora facciamo domani."

La sicurezza della sua affermazione riportò a galla la solita Rachel brusca di sempre. "Per caso non ti piace chiedere l'opinione altrui, prima di prendere una decisione?"

Il suo sorriso si allargò, mentre si stringeva nelle spalle. "Ma figurati. Dimmi pure quando puoi. Ho proposto domani perché è venerdì, quindi mi sembrava la scelta più logica."

Decisi di non mettermi a discutere, perché molto probabilmente era esattamente ciò che si aspettava.

"Domani è perfetto," dichiarai, sollevando il mento. "Dove ci vediamo?"

"Passo a prenderti io, dolcezza."

Inclinai la testa di lato, dopo averla finalmente riportata sulle spalle. "Ma fai sul serio? Guarda che so guidare, eh."

"Lo so benissimo, Rachel. Ieri sera ti ho seguita fino a casa, se ricordi." La sua cadenza lenta e sexy riusciva sempre a farmi venire la pelle d'oca. "Per favore, lascia che passi a prenderti io," insistette.

Senza riuscire a resistere, mi ritrovai di nuovo ad annuire. Pensavo che ormai la conversazione fosse conclusa, ma Remy mi stupì con un delicato bacio sulle labbra. Quel breve contatto su come una scossa elettrica, che mi fece fremere tutta. Fui assalita dal desiderio di cercare la sua lingua con la mia.

I baci con Remy avevano un qualcosa di incantevole, decadente. Erano come un incantesimo da cui non volevo più sciogliermi. Remy era un uomo capace di assaporare ogni istante, che risvegliava i miei istinti più primordiali.

Però si spostò troppo presto, poco più di un secondo dopo. Facendomi l'occhiolino, si voltò dall'altra parte. "Domani. Alle sei in punto. Decidi tu il posto." Un attimo dopo, mi aprì la portiera del SUV. Era davvero un perfetto gentiluomo.

"Che comandino," dissi, appena prima che la richiudesse.

Rispose con una semplice risata, che non fece altro che alimentare l'incendio che mi ardeva dentro.

Capitolo Otto

REMY

Sei in punto. Era l'orario che avevo concordato con Rachel. Odiavo essere in ritardo, ma proprio quel giorno lo ero. Nel pomeriggio ci eravamo diretti fuori città, sul luogo di un incidente d'auto che mi aveva tenuto occupato più del previsto. Nulla di grave. Durante la stagione degli incendi, che andava dalla primavera all'autunno, un hotshot come me passava la maggior parte del tempo in missione, lontano da casa. Ma in quel periodo, con la neve e il ghiaccio che si stavano sciogliendo, il rischio di incendi era esponenzialmente più basso e quindi le tre squadre si occupavano a turno delle emergenze locali.

Quel lavoro non l'avevo scelto soltanto perché avessi il disperato bisogno di cambiare aria, ma ero anche stato attratto dalla tabella di marcia. Mi piaceva la varietà. Molte squadre di hotshot erano in servizio soltanto durante alcuni periodi dell'anno. Poiché inizialmente mi ero addestrato al ruolo di semplice vigile del fuoco, me la cavavo egregiamente in entrambi i casi. Ma, soprattutto, *detestavo* avere troppo tempo libero.

Avevo scritto a Rachel per informarla sulla situazione. In realtà avevo esitato a inviarle quel messaggio, col timore che potesse cogliere la palla al balzo e darmi buca. Ma mia madre mi aveva insegnato le buone maniere. Arrivare in ritardo senza dirle nulla sarebbe stato da maleducati.

Grazie al cielo, mi aveva risposto con un semplice, *Non preoccuparti, a dopo.*

Fresco di doccia, con un paio di jeans e una maglietta blu navy addosso, svoltai nella via di casa sua, il corpo che vibrava per la trepidazione. Dal momento stesso in cui ci eravamo baciati un paio di sere prima, non ero più riuscito a togliermela dalla testa.

Baciarla era stato come andare in paradiso. Porca miseria, era così morbida e formosa, così reattiva e passionale che se non ci avesse fermati Beck l'avrei volentieri fatta mia lì sul ciglio della strada.

Sarebbe stata un'esperienza mistica, fulminea, sporca.

Ma c'era molto di più, oltre all'attrazione fisica. Rachel era riuscita a riportare a galla emozioni che non pensavo nemmeno più di avere. O piuttosto, che avevo preferito eliminare. Non volevo più affezionarmi troppo a nessuno. Mi bastava Shay. Una grande fetta del mio cuore apparteneva a lei.

Non che vedessi anche Rachel come una sorella. Affatto. Però era riuscita a toccare qualche corda sensibile. Quando l'avevo lasciata a casa sua, quella fatidica sera, per un attimo avevo visto un lampo attraversarle gli occhi. La sua corazza aveva ceduto per un mero istante, lasciando intravedere la vulnerabilità che c'era in profondità. In quel momento, un forte istinto di protezione mi era montato dentro e volevo soltanto tenerla al sicuro.

Probabilmente avevo perso qualche rotella. Ero sempre iperprotettivo nei confronti delle donne. In fondo, i miei genitori erano state sempre persone un po' all'antica.

Mio padre era stato un gentiluomo nel senso più puro del termine. Mi aveva insegnato a onorare le donne, a rispettarle e a prendermi *sempre* cura di loro. Mia mamma invece era stata una donna forte, piena di grinta e sicura di sé, e mio padre l'aveva amata con tutto il suo cuore.

Ma quello che era successo a mia sorella non aveva fatto altro che alimentare le mie angosce. Shay si era lasciata trasportare dall'uomo sbagliato, un uomo che l'aveva quasi uccisa. Se non fosse stato messo subito dietro le sbarre, probabilmente ci avrei pensato io a fare giustizia.

In qualche modo, Rachel era riuscita a infilarsi come fumo tra le fessure delle mie difese, avvolgendosi attorno al mio cuore. Non avevo intenzione di lasciarmela sfuggire, nonostante tutti i timori.

Sapevo fin troppo bene cosa significasse perdere qualcuno che si amava. La morte dei miei genitori mi aveva colpito all'improvviso, distruggendomi fino al punto da farmi promettere che non avrei più permesso a me stesso di affezionarmi troppo a qualcuno. Eppure, non riuscivo proprio ad allontanarmi da lei.

Venne ad aprire la porta ed era assolutamente splendida. Dovetti trattenermi dall'entrare in casa, chiudermi la porta alle spalle e dirle di lasciar perdere la cena e andare dritti al sodo.

I suoi capelli lucenti le ricadevano in una cascata sulle spalle, lisci e setosi. Gli occhi azzurri parevano brillare, così ricchi e profondi che avrei voluto tuffarmici dentro e scoprire tutti i suoi segreti.

Indossava una gonna in cotone morbido un po' svasata, che le abbracciava i fianchi e arrivava alle caviglie. L'aveva abbinata a un paio di stivaletti in pelle e una camicetta bianca. La scollatura vertiginosa era tentazione pura, con la valle tra i seni in bella mostra.

Riportai lo sguardo sul suo viso e si fermò alle labbra carnose, tanto appetitose. Ancora non ci eravamo scambiati una parola. Un attimo dopo, fece scivolare la lingua sul labbro inferiore e non ci vidi più.

Con un singolo passo cancellai qualunque distanza ci separasse, poi le intrecciai le dita ai capelli. Chinando la testa, cedetti ai miei impulsi e la baciai.

La leggera frizione mi mandò in fiamme. Quando le si mozzò il fiato in gola, invasi la sua bocca calda con la lingua.

Rachel mi portò una mano sulla nuca, facendola scivolare tra i capelli. Sembrava aver apprezzato il mio saluto e non esitò ad accogliermi con la sua lingua, lasciandosi sfuggire un gemito gutturale. Aveva un profumo buonissimo, che mi avvolgeva completamente e mi portava in un'altra dimensione, una in cui le buone maniere non esistevano più.

All'improvviso, sentii un corpo peloso che si strusciava contro le gambe. Henry, il cane che avevo conosciuto una settimana prima tra i boschi, mi strappò dalla trance in cui ero caduto. Sollevai dunque la testa, ridacchiando.

"Ciao," dissi infine, la voce roca.

Rachel sorrise e un delizioso rossore le tinse le guance. Il mio membro reagì di conseguenza. Quella donna aveva la straordinaria capacità di farmi sentire di nuovo un ragazzino arrapato privo del minimo briciolo di autocontrollo.

"Ciao a te," replicò piano, con quella sua voce

ruvida che mi colpì dritto nel petto e si aggrappò al mio cuore come una morsa.

Il desiderio sessuale che provavo verso di lei era innegabile, ma era intrecciato pure a un inesplorato senso di intimità, a un forte senso di protettività.

Henry abbaiò piano e feci un passo indietro per chinarmi e fargli le coccole. "Ma ciao, campione. Oggi sei molto più pulito," commentai, facendo scivolare le dita tra il pelo soffice. Era un cane molto bello, con macchie nere e dorate che puntellavano il manto.

Scodinzolava come un matto, battendo la coda dietro le mie gambe. Quando mi alzai in piedi, incrociai gli occhi di Rachel. "È proprio bravo."

Il suo sorriso si allargò e lei si piegò leggermente per accarezzargli la schiena. "Hai proprio ragione. Beh, sei pronto?"

"Prontissimo," replicai.

Al che, Rachel si voltò e prese la borsetta poggiata sul tavolino all'ingresso. "Allora andiamo." Varcò la soglia e poi si fermò con la mano sul pomello. "Torno presto, Henry."

Il cane trotterellò in soggiorno e balzò su una poltrona. Con lo sguardo puntato su di noi, poggiò la testa sulle zampe proprio mentre Rachel si chiudeva la porta alle spalle.

Mi venne naturale prenderla per mano mentre scendevamo i gradini del porticato, fino al mio pickup. La tentazione era troppo forte e quando ce l'avevo vicina sentivo il bisogno di toccarla.

Un brivido di anticipazione mi percosse dalla testa ai piedi. Dovetti ordinare al pene di fare da bravo. Per quanto mi sarebbe piaciuto proprio tanto farla mia lì sul momento, i miei piani erano altri.

Quando ci sedemmo in macchina, mi voltai a guardarla e l'aria si caricò di elettricità. La luce del crepuscolo le faceva brillare gli occhi e aveva le labbra leggermente arrossate dal bacio.

Il mio cuore ebbe un violento sussulto. Ero *fregato*.

Capitolo Nove

RACHEL

Mentre facevo roteare tra le dita il bicchiere di vino quasi vuoto, sollevai lo sguardo verso Remy, seduto a tavola di fronte a me. Avevo i nervi a fior di pelle sin dal momento in cui avevo aperto la porta di casa.

Era bello da impazzire. I capelli biondo scuro, gli occhi verde intenso e la pelle deliziosamente abbronzata... Era davvero *troppo*. Emanava un'aura di virilità pura. Mi continuava a cadere lo sguardo sulle spalle e il petto muscolosi, abbracciati alla perfezione dalla maglietta sbiadita. Immagini di lui a torso nudo il giorno prima mi invasero la mente e un forte desiderio di leccarlo tutto quanto mi travolse.

Ma come se non bastasse, era davvero una brava persona. Per non parlare di quell'accento. Santo cielo, mi eccitavo soltanto a sentirlo parlare. E le mie labbra vibravano ancora per quel bacio fuggevole che mi aveva dato ormai più di un'ora prima.

Da vero gentiluomo, aveva insistito per aprirmi la portiera e sfilare la sedia da sotto il tavolo, nonostante fossimo a cena da Alpenglow Pizza, un locale decisamente non sofisticato. Era una pizzeria molto informale, con una cucina a vista sul fondo, tavolini con panche su un lato della sala e tavoli normali sull'altro. Il ristorante aveva aperto nell'ultimo anno ed era diventato presto molto popolare. Per un qualche colpo di sfortuna, Willow Brook era rimasta senza una pizzeria per quasi cinque anni.

I proprietari avevano rimesso a nuovo un vecchio fienile giusto poco fuori dal centro. La stalla era stata trasformata in una cucina, mentre il resto dello spazio nella sala ristorante. Il pavimento in legno era ben rifinito e il bancone attorno al forno a legna contava qualche sgabello. C'era un'atmosfera accogliente e rilassante. Dalle numerose finestre alle pareti penetrava molta luce, quindi l'ambiente era molto illuminato anche durante i mesi invernali più bui.

Dal nostro tavolo potevamo ammirare uno splendido panorama su un prato, con il Denali sullo sfondo. La primavera stava già cominciando a far scomparire la neve dai monti. Ma quello spettacolo lo notavo appena, dato che tutta la mia attenzione era focalizzata sul panorama che avevo di fronte, ovvero Remy.

Durante la cena, chiacchierammo del più e del meno; della mia famiglia, di cosa mi avesse spinta a diventare un'assistente medico e come si trovasse lui in Alaska. A un certo punto, ci fu una pausa e mi resi conto che lo stavo fissando soltanto quando un sorrisetto gli sfiorò le labbra.

Gli feci la prima domanda che mi venne in mente, per spezzare la tensione. "Parlami un po' della tua famiglia anche tu. Dove vivono?"

Chiuse gli occhi e bevve un sorso di birra. "I miei genitori sono morti. Siamo rimasti soltanto io e mia sorella minore." Pronunciò tali parole con un tono pacato e uniforme, ma il dolore che gli lessi negli occhi mi strinse il cuore.

Seppure ci conoscessimo ancora molto poco, ero certa fosse un brav'uomo. Ed ero anche certa che la perdita dei suoi genitori doveva averlo ferito nel profondo.

"Oh, mi dispiace tanto, Remy." Senza pensarci, posai la mano sulla sua. Intrecciò subito le dita alle mie, lo sguardo malinconico.

"Dirlo a voce alta non diventa mai più facile." Si fermò a bere l'ultimo sorso di birra, lasciando la bottiglia vuota sul tavolo. "Sono morti quando un tornado si è abbattuto sulla casa in cui stavano trascorrendo le vacanze."

"Oh, Remy, è terribile. Mi dispiace davvero tanto," ripetei.

Eppure, le mie parole mi suonavano incredibilmente inappropriate. Volevo un bene dell'anima ai miei genitori, e l'idea di perderli nello stesso momento era inconcepibile.

Senza dire nulla, Remy posò lo sguardo sulla bottiglia quando la sollevò e la trovò vuota. Ritrovò di nuovo i miei occhi e scosse la testa. Il dolore era ancora tutto lì, ma sembrava perfettamente in grado di tenerlo sotto controllo.

"Già, lo è. Sinceramente, non ho molto altro da dire a riguardo. A volte, la parte più difficile è doverlo spiegare agli altri."

"Posso solo immaginare. È piuttosto comune ricevere domande sulla propria famiglia."

Le dita ancora intrecciate alle mie, mi strinse dolcemente la mano. Avrei voluto tenerla lì, ma forse era anche giunta l'ora di lasciarlo andare. Eppure, serrai la presa. Avevo bisogno di quel punto di contatto e, all'apparenza, anche lui.

"È per questo che ti sei trasferito così lontano?"

Non appena la domanda mi sfuggì dalle labbra, avrei voluto rimangiarmela.

Remy si strinse nelle spalle. "In parte. Lavoravo come pompiere e avevo già in programma di seguire l'addestramento a hotshot prima che morissero. Ma diciamo che, dopo la tragedia, ne ho approfittato per scappare. Ho fatto l'addestramento nel nord della California e poi sono rimasto lì per un po', finché Ward... Ward lo conosci, sì?" mi chiese, riferendosi a un altro hotshot che si era trasferito a Willow Brook dalla California e che aveva sposato una mia amica.

Si fermò a guardarmi e continuò il discorso quando annuii. "Abbiamo seguito l'addestramento insieme ed è stato lui a informarmi del posto vacante. L'ho preso subito perché non mi sentivo ancora pronto a tornare a casa."

"Pensi che ci tornerai mai?"

Ci mise un momento a rispondere, cominciando a far roteare la bottiglia vuota tra le dita. "Non lo so. È un argomento piuttosto delicato. C'era un motivo ben preciso se volevo andarmene ancora prima che i miei mi lasciassero. Mia sorella si era trasferita da un'altra parte per l'università e viveva col suo ragazzo. È tornata giusto di recente nella nostra zona e sta da alcuni amici di famiglia. Però non so per quanto tempo rimarrà lì."

Le sue parole trasportavano una nota di malinconia. "Ti manca?"

Remy sorrise. "Shay per me è davvero speciale. Se la sta cavando. Ovviamente, però, mi preoccupo sempre per lei. Si lamenta che le sto sempre col fiato sul collo e che può benissimo badare a se stessa. Ora vive con un mio vecchio amico. Aveva una camera in più e diciamo che l'ho messo un po' all'angolo. Lì ci vive pure sua sorella, quindi so che Shay è in buone mani.”

“Che bel nome, Shay.”

“Già. È proprio un terremoto e si caccia sempre nei guai. Da piccoli mi faceva impazzire. Ci sentiamo ancora abbastanza spesso. Ma più che qualche telefonata non riuscirebbe a sopportarla, quindi questa lontananza ci fa bene. Dice che sono troppo invadente.”

Gli strinsi la mano quando eruppe in una risata. “Che ne pensi di Willow Brook?”

“Mi piace. Davvero tanto. Non sono uno che ama le grandi città, però averne una così vicino è molto conveniente. Anchorage è proprio a due passi. Sono venuto qui perché volevo cambiare aria. Ho trovato esattamente ciò che stavo cercando e adoro la mia squadra. Non posso certo dire che sia uguale al mio paesino del sud in cui sono cresciuto, però queste piccole cittadine hanno diversi aspetti in comune. Qui mi sono trovato bene perché non c’è molta gente, e adesso ho trovato te.”

Quando disse quel *te*, guardandomi con un’intensità ardente negli occhi, il mio cuore prese a fare le capriole e per poco non schizzò fuori dal petto. Santo cielo. Quell’uomo era in grado di farmi sciogliere con un semplice sguardo. Mi sentivo tutta un fuoco, mentre fiamme di desiderio mi vorticavano dentro. Strinsi forte le cosce, cercando di alleviare il dolore che pulsava all’apice.

Intrecciò con decisione le dita alle mie. “Andiamo, dolcezza?”

Oh. Mio. Dio.

Ogni volta che mi chiamava così, il mio cuore faceva un balletto di gioia. Il suo sguardo mi seccò la gola. Mi stava carezzando il dorso della mano col pollice e la superficie ruvida creava piccole scintille infuocate sulla mia pelle. Mandai giù il groppo alla gola e tirai un respiro tremolante, nel fallimentare tentativo di placare il martellio violento del mio cuore.

"Scommetto che chiami così tutte le ragazze," mormorai, per provocarlo.

Un sorrisetto malizioso gli incurvò le labbra, mentre scuoteva la testa. "No, no. *Tesoro* lo uso con tutte, ma *dolcezza* solo con te."

Oh. Mio. Dio.

Uno stormo di farfalle mi invase lo stomaco. "Oh," replicai, senza riuscire a dire nient'altro.

"Comunque non mi hai risposto, dolcezza."

Lo guardai con aria assolutamente confusa perché mi ero dimenticata la domanda. Con una risata, la ripeté. "Andiamo a casa?"

Mi ricomposi e socchiusi gli occhi. "D'accordo."

Mi resi conto soltanto allora che avevamo accantonato bruscamente il discorso sui suoi genitori. Feci una pausa, prima di aggiungere. "Non volevo..." Mi fermai quando scosse la testa.

"Nessun problema. Preferisco non soffermarmi troppo sull'argomento. Dai, andiamo."

Si alzò da tavola e mi prese di nuovo per mano. Lasciò una mancia generosa sul tavolo e mi trascinò alla cassa, senza lasciarmi andare neanche quando pagò il conto, rifiutando la mia offerta di dividere in due con una semplice occhiata divertita.

Neanche mi soffermai a riflettere sulle implicazioni di quanto mi venisse naturale tenerlo per mano. Ma in fondo, con Remy era sempre così. In generale, credevo di essere riuscita a lasciarmi alle spalle la mia ultima relazione disastrosa. Era finita in maniera rovinosa, non senza ridurre in cenere la mia autostima in campo amoroso.

Per il resto, ero rimasta la solita di sempre, ficcanaso, magari un po' troppo prepotente, e spiritosa. Eppure, era ormai da un anno che avevo evitato qualunque relazione sentimentale. Mi ero rassegnata all'idea che l'amore non facesse più per me. Ma dentro di me ero convinta fosse la strada migliore da intraprendere.

Faticavo a capacitarmene, ma c'era una parte di me che apprezzava la sua presenza e quel senso di sicurezza che mi trasmetteva.

Ancora una volta, prima ancora che potessi raggiungere la maniglia della portiera, mi anticipò e la aprì lui, invitandomi a entrare. Seduta in macchina, sollevai lo sguardo sul suo, reso ancora più intenso dai giochi di luce del crepuscolo. "Certo che sei proprio un gentiluomo," commentai, facendogli l'occhiolino.

Un sorrisetto gli incurvò le labbra. Quella temerarietà a cui mi ero aggrappata fino a quel momento venne carbonizzata dalle fiamme incandescenti che mi erano esplose dentro. Non avrei avuto alcun problema a mantenere un rapporto superficiale. Purtroppo, però, con Remy di superficiale non c'era proprio nulla.

"Sono un uomo del sud. Magari un poco all'antica. È stata la mia mamma a tirarmi su così. Non sarà più qui a impartirmi le sue lezioni, ma non potrei mai deluderla. So che un modo per rimproverarmi lo troverebbe persino dal paradiso."

Detto ciò, chiuse con cautela la portiera e fece il giro dell'auto per sedersi al volante.

Capitolo Dieci

RACHEL

Durante il viaggio verso casa mi persi tra i miei pensieri, sentendo il bisogno di farmi un discorso di incoraggiamento. Una cena con un uomo non era poi una tragedia. Anzi, era un passo nella direzione giusta. Dovevo provare almeno un po' a uscire dalla mia zona di comfort. E poi con Remy ero al sicuro.

Al sicuro, al sicuro, al sicuro, continuai a ripetermi. Nel frattempo, eravamo praticamente già arrivati a casa e ci rimasi quasi di sasso quando svoltò nel mio vialetto. Non mi ero accorta di nulla.

Mi girai a studiare il suo profilo. Aveva i capelli arruffati, ma così lisci e lucenti non sembravano troppo spettinati. Gli coprivano la nuca, tentandomi a infilarci dentro le dita. Si voltò a guardarmi e mi batté forte il cuore.

Mi cadde lo sguardo sulla mano poggiata morbida sul volante. Aveva mani possenti e sexy. Il suo tocco lo conoscevo già e morivo dalla voglia di provarlo di nuovo. Feci poi scivolare gli occhi sull'avambraccio virile, tutto muscoli.

Rimasi a fissare il modo in cui si flettevano mentre

girava il volante, costringendomi infine a guardare fuori dal finestrino. Il vialetto era piuttosto breve. Vivevo a qualche minuto dal centro di Willow Brook. Avevo comprato la casa dopo aver terminato il programma formativo ad assistente medico. Non era nulla di troppo sfarzoso, giusto una villetta su un terreno di qualche acro. Alcuni l'avrebbero considerato molto grande, ma per gli standard dell'Alaska era piuttosto piccolo. Potevo godere di privacy, ma le due case più vicine erano a portata d'orecchio. Non me n'ero mai preoccupata, o almeno non prima di quel momento.

Quando mi ero trasferita lì, una di quelle due proprietà era ancora vuota. Dopo tutto il casino con il mio ex, grazie al cielo era arrivato qualcun altro. Erano persone cordiali e impiccione, ovvero ciò di cui avevo bisogno. Prima che il mio ex stravolgesse la mia vita, mai e poi mai avrei pensato che avere dei vicini ficcanaso sarebbe stato un punto a loro favore.

Scossi però via quei pensieri. Non era il momento per rimuginare sul passato. Remy si fermò di fronte a casa e Henry ci accolse subito con un abbaio. Era una casetta in stile ranch, un rettangolo perfetto con il rivestimento esterno in legno di cedro e il tetto di metallo viola. Era stato proprio quel viola a conquistarmi e a convincermi ad acquistare la casa. I proprietari non avevano completato tutti i lavori, ma mio padre mi aveva aiutata a finire tutto durante i primi due mesi.

Dopo aver spento il motore, Remy si voltò a guardarmi. "Ti accompagno alla porta."

L'aria nell'abitacolo si caricò di elettricità. Era da oltre un anno che non uscivo con un uomo. All'ultimo appuntamento preferivo non pensarci neanche.

Un senso di insicurezza mi travolse, ma mi ritrovai

ad annuire. Come mi voltai ad aprire la portiera, trovai Remy che lo fece per me. Per un uomo della sua stazza, era molto rapido.

Per qualche motivo, nonostante l'angoscia che mi turbinava dentro, trovavo la sua presenza molto confortante. Scesi dall'auto e mi posò una mano sulla schiena per aiutarmi. Da quel piccolo punto di contatto si scatenarono tante scariche elettriche che mi pervasero tutta, andando ad alimentare quel desiderio che mi stava ribollendo dentro ormai da tutta la sera.

Stava cominciando a fare buio, col sole scomparso ormai da diverso tempo dietro l'orizzonte. Le ultime strisce di rosso, oro e arancione tingevano il cielo scuro sopra le montagne, visibili in lontananza oltre gli alberi dietro la mia proprietà. Il profilo frastagliato risaltava nell'oscurità, con le stelle che brillavano tutto intorno e uno spicchio di luna crescente che si sollevava all'orizzonte.

Feci un bel respiro profondo mentre salivamo le scale dell'ingresso, chiedendomi cosa si aspettasse Remy. Io sapevo benissimo cosa volessi, ma non osavo neanche pensarci. Volevo perdermi completamente in Remy. Era davvero un lusso potergli stare accanto, percepire quel senso di pace mescolato a un'intimità unica che si era venuta a creare tra di noi dopo il nostro primo bacio.

Il cuore martellava violentemente contro il petto e lo sentivo rimbombare in tutto il resto del corpo. Un calore languido dilagò nel basso ventre, mentre lo stormo di farfalle prese di nuovo il volo. Riuscii a estrarre le chiavi dalla borsetta, ma mi sfuggirono di mano. Non una volta sola, ma ben due.

Remy si chinò a raccoglierle e le infilò nella serratura. Non fece alcun commento, nessuna battuta. Lo guardai, la mano avvolta attorno al pomello. "Attento, Henry si fionderà subito fuori."

Appena la porta si aprì, infatti, Henry schizzò sul portico. Corse un po' attorno alle nostre gambe, poi si alzò per leccarmi il viso quando mi chinai a salutarlo. Con una risata, Remy gli carezzò la schiena prima che si fiondasse in giardino a fare i suoi bisogni.

Rimasi ferma lì, le dita avvolte attorno al cinturino di pelle della borsa. Quando sollevai lo sguardo, incrociai gli occhi di Remy. Ero come incantata dall'intensità che ci lessi dentro. Tra di noi ci saranno stati neanche trenta centimetri di distanza.

Prima ancora che potessi battere ciglio, sollevò una mano e mi fece scivolare un dito sulle labbra, lasciandosi dietro una scia infuocata. "Era tutta la sera che sognavo di farlo," mormorò.

Un corvo lanciò il suo richiamo dagli alberi e il suono acuto riuscì a squarciare quel velo di desiderio che mi stava annebbiando la mente. "Davvero?" mi sentii chiedere, la voce ansimante.

Ogni volta che ce l'avevo vicino, Remy riusciva a sconvolgermi i sensi e a destabilizzarmi. Con una delicata carezza sulla guancia, mi spostò una ciocca di capelli ribelli dietro l'orecchio. Poi fece un passo avanti e, chinandosi appena, posò le labbra sulle mie.

Si fermò troppo presto e mi sfuggì un gemito disperato.

"Mi piaci, Rachel."

Il mio cuore parve esplodere. Per quanto fossi diventata cinica e diffidente, non potevo negare la mia attrazione. E molto.

Mi ero convinta che nessun altro uomo sarebbe mai più riuscito a conquistarmi. Pensavo di aver detto addio al desiderio una volta per tutte, perché non credevo ne valesse la pena rischiare di soffrire di nuovo.

Ma con Remy lì davanti a me, che mi guardava con occhi ardenti di desiderio, dimenticai qualunque angoscia.

"Anche tu mi piaci," risposi piano, sentendomi un po' sciocca.

Henry corse da noi, facendo un balletto ai nostri piedi mentre mi colpiva le gambe con la testa per attirare la mia attenzione.

"Scusami, lo porto dentro. Quando torno a casa gli do sempre un biscottino. Accomodati pure," dissi.

Quella pausa temporanea fece schizzare il mio cuore nella stratosfera, mentre l'ansia si mescolava al desiderio. Non potevo crederci di essermi davvero spinta fino a quel punto.

Per non rendere la situazione troppo imbarazzante cambiando improvvisamente approccio, mi spostai per farlo entrare. Mi seguì in silenzio e lasciai la borsetta sul tavolo accanto alla porta, per poi andare in cucina e lanciare un biscottino a Henry

Lo divorò in un sol boccone e mi scappò da ridere. Un attimo dopo, mi voltai a guardare Remy che era rimasto sulla porta.

L'ingresso si apriva sul soggiorno. In un angolo sul fondo c'era una piccola stufa a legna, mentre alcune finestre offrivano uno splendido panorama sulla foresta e i monti. Avevo posizionato il divano componibile perché un lato fosse rivolto verso quella vista e l'altro verso il televisore.

Un'isola a L separava il soggiorno dalla cucina, con alcuni sgabelli su un lato. Il piano era un open space, arioso e luminoso. Mi piaceva proprio tanto, anche se l'anno prima avevo pensato di trasferirmi. L'idea era sempre quella, ma volevo aspettare il momento giusto per farlo.

Un ricordo molto vivido riaffiorò mentre mi guardavo intorno e il mio sguardo si posò sul punto della parete che Bruce aveva sfondato con un pugno. Il buco era stato riparato da me personalmente, una sera in cui avevo deciso di cancellare definitivamente qualunque traccia di ciò che aveva fatto. Soltanto io conoscevo *esattamente* la posizione di quel buco, ma in fondo anche quella di tutti gli altri. In totale, erano cinque.

"Tutto bene?" mi domandò Remy.

Era sconcertante il modo in cui riusciva a leggermi come un libro aperto. Onestamente, non sapevo neanche come interpretare la cosa. La cucina distava giusto qualche passo dalla porta. Con un'ampia falcata, si avvicinò e mi studiò il volto.

Presi un respiro tremolante, scacciando via quei ricordi dolorosi. Non potevo permettere al passato di rovinare il presente. Mi voltai verso Henry, che trotterellò in soggiorno e si rannicchiò sulla sua poltrona preferita.

Riusciva sempre a farmi sorridere, proprio come in quel momento. Riportai lo sguardo su Remy e gli risposi, "Sì, sto bene."

Una forza invisibile e inspiegabile mi spinse verso di lui. Dopodiché, come alla ricerca disperata di una distrazione dal passato, mi sollevai per baciarlo.

Remy non esitò neanche un istante. Al contatto, un lieve sospiro di sollievo mi sfuggì dalle labbra. Quando ricambiò il bacio, un brivido mi attraversò le vene, facendomi fremere tutta. Con un grugnito gutturale, intrecciò le dita ai miei capelli. L'altra mano, invece, scivolò lenta lungo la schiena fino ad arrivare al sedere. Quando lo palpò con forza, premendomi a sé, ebbi un sussulto.

Inclinò leggermente la testa di lato e il bacio si fece selvaggio. Gli stavo appiccicata, ma comunque non mi bastava. Riversai tutte le mie emozioni e il desiderio che mi ardeva dentro in quella danza erotica delle nostre lingue. Carezza dopo carezza, morso dopo morso, mi persi completamente in lui.

Strinse con più forza i capelli e il leggero bruciore mi procurò una scarica di piacere. Indietreggiai appena, arrivando contro il bordo del bancone. Con un movimento fluido, mi sollevò sul ripiano senza staccarsi neanche per un secondo dalle mie labbra.

La posizione fu ben accetta, dato che in piedi stavo rischiando di sciogliermi in una pozza. Era più che ovvio che fosse un uomo molto forte, ma quella forza racchiudeva un qualcosa di neanche lontanamente minaccioso. Mi faceva sentire protetta, al sicuro.

Mi fece scivolare le dita lungo la schiena, lasciandosi dietro una scia infuocata. Afferrandomi per un fianco, mi trascinò sul bordo e si infilò tra le mie ginocchia. La gonna era tutta avvolta sulle cosce, sgualcita.

Sentivo l'erezione premere tra le cosce, il tessuto dei jeans che provocava una deliziosa frizione contro il leggero cotone delle mie mutandine. Tra tutti quei gemiti e sussulti soffocati, neanche mi riconoscevo. Mi premetti a lui quando sollevò un poco la testa, catturando tra i denti il mio labbro inferiore. Portò la bocca al mio orecchio, che stuzzicò per qualche secondo prima di tracciare una scia incandescente di baci lungo la curva del collo.

Ero tutta un fuoco, mentre le terminazioni nervose sull'attenti mi provocavano un brivido di consapevolezza sulla pelle. Remy mormorò qualcosa e trasalii quando prese in mano un seno e cominciò a tormentare il bocciolo turgido con il pollice.

"Remy," sussurrai, in un gemito.

Al che sollevò la testa, senza smettere di stuzzicare il capezzolo così duro che ormai cominciava a fare male. "Sì, dolcezza?" chiese con quel suo accento del sud, tanto sexy quanto eccitante.

Riuscii ad aprire gli occhi e trovai i suoi in attesa, intensi, socchiusi, tanto ardenti da bruciarmi l'anima, e il mio sesso pulsò. Sentivo le mutandine bagnate e cominciai a strofinare il bacino contro il suo, con disperazione.

La sua presenza così imponente mi fece sentire piccola piccola. Un attacco improvviso di timidezza mi colpì, mentre un vortice di emozioni ed eccitazione mi turbinava dentro. Mordendomi il labbro, scrollai le spalle. "Non lo so." Un'altra carezza del suo pollice sul capezzolo. "So solo che è tanto bello," mormorai.

Senza mai spezzare il contatto visivo, allentò la presa sul fianco e con la mano libera cominciò a sbottonarmi la camicetta. L'aria fresca mi colpì la pelle, in netto contrasto con il fuoco che mi ardeva dentro.

"Sei bellissima."

L'emozione mi strinse la gola. Dato che avevo eliminato completamente gli uomini dalla mia vita, non ero abituata a ricevere quel genere di attenzioni. Dopo una relazione all'insegna dell'abuso emotivo, psicologico e fisico, le sue parole e il modo in cui mi stava guardando mi colpirono nel profondo.

"Non preoccuparti, questa sera non ci spingiamo troppo oltre."

Il mio cervello interpretò la sua affermazione come un'intenzione a fermarsi. E dunque, gli avvolsi le gambe attorno alla vita. "Oh, no, non te ne vai da nessuna parte."

La risata di Remy mi fece venire la pelle d'oca. "Stai tranquilla, dolcezza. Non me ne vado da nessuna parte. Non ancora." Inarcò il bacino contro il mio, premendo l'erezione pulsante contro la mia femminilità, provocandomi un piacere immenso. "Stavo giusto per chiederti se volevi che mi fermassi."

Fece una pausa, gli occhi ardenti che mi scavavano l'anima. "Sappi che se mi dici di fermarmi, io mi fermo. In qualunque momento."

Mandai giù il groppo alla gola. Remy si era intrufolato all'improvviso nella mia vita e quella chimica travolgente che c'era tra di noi era quasi incomprensibile. Era come se un asteroide si fosse abbattuto sul pianeta Rachel. Premura, rispetto, protezione e desiderio ardente erano tutti concetti sconosciuti, in quel mio mondo. Ma lui era riuscito a portarceli.

Annuii e lui aprì un altro bottone, cominciando a tempestare di baci l'osso della clavicola per poi scendere nella valle tra i seni. Da ogni tocco delle sue labbra sprizzava una scintilla, che arrivava dritta al mio sesso. Un ultimo bottone e la camicetta si aprì.

Remy si spostò un attimo per guardarmi, rilasciando un grugnito. "Sei ancora più bella di quanto immaginassi," mormorò, prima di chinare la testa e cominciare a succhiare uno dei capezzoli doloranti attraverso la seta del reggiseno. Lanciai un urlo di piacere, così intenso e delizioso.

Succhiò un'ultima volta con forza e poi trasferì le sue attenzioni all'altro seno. Gli infilai le dita tra i capelli, cercando un appiglio per non perdere il controllo, chiedendomi se fosse davvero possibile avere un orgasmo per un qualcosa di simile.

Portò le dita sul gancio e liberò il seno, palpandone uno con il palmo ruvido dai calli. Mormorai il suo nome, travolta da scariche di piacere ogni volta che mi strofinavo contro l'erezione.

Mi fece scivolare una mano sulla gamba, lasciandosi dietro piccole scintille ardenti. Raggiunto l'apice delle cosce, carezzò il cotone bagnato con le dita. Avevo bisogno di lui, subito.

A un certo punto si fermò e dunque aprii gli occhi, allentando la presa di ferro che avevo sui suoi capelli. "Voglio farti venire," sussurrò.

La sua schiettezza mi lasciò di stucco. Parole così dirette, decise e sexy che quasi non sapevo neanche come reagire.

"Ti prego, fallo," risposi infine, mostrandogli cosa volevo spingendomi contro il palmo della sua mano. Un sorrisetto gli sfiorò le labbra e chinò di nuovo la testa per tempestarmi il collo di baci delicati, mescolati a morsi più selvaggi.

Mentre carezzava un capezzolo col pollice, ricominciò a massaggiare il cotone bagnato tra le cosce. La mia disperazione non faceva che aumentare. Lo volevo tutto quanto. E *subito*.

Con un grugnito gutturale, spostò il tessuto e affondò un dito nel mio sesso. Trattenni il respiro e tremai attorno a lui. Ero talmente eccitata che scivolò dentro con assoluta facilità.

Al primo dito ne aggiunse un altro e quella leggera sensazione di pienezza bastò quasi a farmi venire, tanto deliziosa quant'era. Rimase fermo per un istante quando lanciai un urlo, poi le sfilò e cominciò a massaggiare delicatamente il clitoride. Sentivo che ormai mi mancava pochissimo. Affondò di nuovo in me, cominciando a fottermi lentamente con le dita. Appena riportò il pollice sul bocciolo gonfio, un piacere immenso mi esplose dentro, violento come una bomba.

Tremori irrefrenabili mi pervasero tutta e non riuscii a trattenere un urlo, mentre l'orgasmo intenso mi portava in un'altra dimensione.

Remy sfilò lentamente le dita e le avvolse attorno alla coscia, stampandomi un bacio sulla curva del collo. Il tocco delle sue labbra fu come una deliziosa scossa elettrica.

Quando finalmente ritornai sulla Terra, oltrepassai quella nebbia di soddisfazione e aprii gli occhi, trovando i suoi in attesa. Santo cielo, quell'uomo era una meraviglia. Con i capelli spettinati, le labbra arrossate e gonfie dai baci, e gli occhi colmi di desiderio, riusciva a farmi battere il cuore all'impazzata. L'intensità di quel momento parve quasi soffocarmi.

Mi spostai leggermente per portare una mano tra di noi. Era passato del tempo dalla mia ultima relazione, ma conoscevo gli uomini e le loro aspettative. Feci scivolare le dita sul tessuto ruvido dei jeans, trovando l'invitante rigonfiamento. Remy inspirò violentemente e poi scosse piano la testa.

"Non ora, dolcezza. Questo momento era solo per te."

Capitolo Undici

REMY

Rachel mi fissò sbarrando gli occhi azzurri, con la pelle arrossata e le labbra gonfie dai baci. Porca troia.

Quella donna mi faceva impazzire.

Dovetti fare appello a tutto il mio autocontrollo per non fotterla lì sul momento.

Una bella sveltina zozza per sfogare tutto il mio desiderio.

Onestamente, manco io sapevo per quale motivo avessi deciso di aspettare. Probabilmente era dovuto a quegli scorci di vulnerabilità che le avevo letto negli occhi. E poi, quando ero con lei, provavo qualcosa di speciale.

Non volevo correre troppo. In quel periodo, di sesso ne avevo fatto gran poco. Ormai era diventato breve e impersonale, un semplice mezzo per raggiungere un fine bel preciso.

Però quello che avevamo io e Rachel era diverso. Volevo, anzi, avevo bisogno di costruire delle fondamenta ben solide, creare anticipazione e tensione. Sapevo che l'attesa avrebbe soltanto accentuato la passione, rendendo il momento più dolce, più intenso e più intimo.

Con la camicetta aperta sul seno spettacolare, i capezzoli turgidi erano davvero troppo invitanti. Chinai di nuovo la testa e ne catturai uno tra i denti. Avrei tanto voluto succhiare con forza per poi affondare nel suo sesso caldo e accogliente.

Scossi via quei pensieri, cercando di tenere a bada il desiderio.

"Solo per me?" mi chiese, la voce roca che mi colpì dritto al cuore, alimentando ulteriormente le fiamme che mi ardevano dentro.

Ce l'avevo duro come il marmo e sapevo cosa mi aspettava una volta tornato a casa, da solo. Nonostante le insistenti proteste del pene, lo ignorai spudoratamente.

Le strinsi la coscia, giusto poco sopra il ginocchio. "Proprio così, dolcezza. Solo per te."

Un lampo le attraversò gli occhi alle mie parole. Fermò la mano sull'erezione e la allontanò, sbattendo le palpebre. "Ok," rispose, il tono piatto.

La cosa non mi piacque affatto. Ero sicuro che non se la fosse presa per il mio rifiuto, ma che qualcuno del suo passato l'avesse ferita nel profondo. Avvolse con forza le dita sul bordo del bancone, cominciando a torturarsi il labbro inferiore coi denti.

"Non pensarci neanche. Non so cos'è che ti turba, ma non pensare neanche per un secondo che non ti desideri. Ti voglio così tanto da far male. Ma per me sei molto di più di una semplice scopata. Voglio farti capire che per me non è soltanto l'avventura di una notte sola."

Rachel dischiuse le labbra. "Oh."

"In questi giorni sarò in missione. Ti scrivo io

quando sono libero, così possiamo uscire di nuovo a cena."

Le presi la mano e me la premetti sull'erezione. "Sei stata tu a conciarmi *così*."

Strabuzzò gli occhi. Quando catturai ancora una volta le sue labbra in un bacio, dovetti di nuovo trattenermi dallo spingermi troppo oltre e scoparmela. Sollevai la testa e incrociai il suo sguardo ardente, mentre un sorriso le incurvò le labbra.

"Ammetto che sei stato molto convincente," commentò.

Con un sorrisetto, feci un passo indietro. "Tre giorni."

———

Il mattino seguente, mi alzai dal letto con il pene duro. Da solo nel mio letto, mi ero svegliato per un sogno su Rachel. Sebbene la notte precedente mi fossi sfogato prima di mettermi a dormire, ancora non mi bastava. Per non dovermi masturbare di nuovo, optai per una doccia fredda.

Nessun'altra donna mi aveva mai preso come Rachel. Quel turno di tre giorni non sarebbe potuto capitare in un momento peggiore, ma grazie al cielo amavo il mio lavoro.

A Willow Brook avevo comprato casa a neanche cinque minuti in auto dalla caserma. Pur non sapendo quanto sarei rimasto, avevo preferito comunque l'acquisto all'affitto. La mia villetta si trovava su un terreno di qualche acro, con un laghetto su un lato, un campo sull'altro e qualche albero di sempreverdi, pioppi e betulle sparso qua e là. Era una casa in stile ranch a due piani, con il rivestimento in legno che si accordava bene con il panorama. Al piano di sopra c'erano due camere da letto e un bagno, mentre quello inferiore era essenzialmente un ampio open space, con una zona bagno e lavanderia separata. In soggiorno c'era una stufa in pietra ollare, con la cucina sul fondo.

Dopo la doccia, scesi al piano di sotto con dei pantaloni da tuta e una semplice maglietta, sentendo il parquet freddo sotto i piedi nudi. Le finestre del soggiorno si aprivano sul prato anteriore, le cime degli alberi bagnate dai raggi del sole. Ancora non avevo visto il paesaggio circostante durante l'estate, avendo acquistato la casa solo l'autunno precedente. Al momento, il terreno era leggermente fangoso, mentre alcuni cumuli di neve persistevano tra i rami.

Attraversai il soggiorno, dove c'erano un divano componibile e alcune poltrone intorno a un tavolino. Uno dei bonus che mi aveva convinto a comprare la casa era il fatto che fosse già arredata. I proprietari si erano trasferiti in un altro stato e avevano lasciato tutti i mobili per poterla affittare. Oltre a quello, avevo trovato il prezzo molto conveniente e il terreno mi era piaciuto sin da subito.

Avviai la macchinetta del caffè e poi mi voltai a cercare il telefono quando lo sentii vibrare da qualche parte. Lo trovai in un angolo del bancone, esattamente dove ce l'avevo lasciato la sera prima quando ero tornato a casa. Mi avvicinai e lessi il nome di mia sorella sullo schermo. Facendo scivolare il pollice sul bottone di chiamata, le risposi subito. "Ehi, Shay. Che si dice?"

"Niente di che, è che non ci sentiamo da un po'. Volevo solo sapere come va," rispose lei.

Io e Shay facevamo sempre il possibile per sentirci almeno qualche volta alla settimana. Per un certo periodo avevo cominciato a chiamarla più spesso, ma parlo di quando quel coglione del suo ex le aveva fatto passare l'inferno. Ormai era in prigione da tempo e non potevo sentirmi più tranquillo.

"Beh, mi sono appena alzato e sto aspettando che il caffè sia pronto. Lì invece che fai? Sei quattro ore avanti rispetto a me."

L'Alaska aveva un fuso orario a parte, un'ora indietro rispetto a quello del Pacifico. Essendo tornata a est del Paese, avevamo ben quattro ore di differenza.

"Sto preparando il caffè e tra poco vado con Jackson a fare un giro del centro di recupero animali. Ho pensato di chiamarti nell'attesa."

"Poi rimproveralo per il ritardo, ok?" le dissi, ironico.

Shay si fece una risata. "Ma no. Sono arrivata qui giusto qualche giorno fa, quindi non mi pare il caso. A quello pensaci tu. Sai, sono davvero contenta che Ash mi abbia invitata a stare qui."

"Ti trovi bene?"

Che il mio migliore amico e sua sorella avessero spazio per Shay nella fattoria di famiglia era stata una manna dal cielo, ma quando le avevo proposto di trasferirsi da loro non l'aveva presa benissimo. Non sopportava che io, o chiunque altro, si preoccupasse per lei.

Volevo soltanto saperla in un luogo sicuro. Dopo quell'incubo con il suo ex, aveva perso praticamente tutto. Non l'avrebbe mai sposato, ma lui era riuscito a isolarla completamente dal mondo, al punto che dopo la morte dei nostri genitori non le era rimasto più nessuno a cui appoggiarsi. Le avevo detto che ero disposto a lasciare il lavoro per tornare da lei, ma me l'aveva categoricamente impedito.

"Certo," rispose, sospirando. "Non c'è bisogno che ti preoccupi. Sto bene. Clint ormai è fuori dai giochi. So che ho fatto un bel casino, ma non succederà mai più. Per quanto mi riguarda, ho chiuso con gli uomini. Per sempre."

"Shay, nessuno, e dico nessuno, ti giudica per ciò che è successo, quindi piantala di dire che hai fatto un casino."

Rimase in silenzio per un istante e poi sospirò di nuovo. "Puoi pensarla come vuoi, ma non cambia il fatto che secondo me è tutta colpa mia."

"Shay..." cominciai.

Mi interruppe prima che potessi continuare. "Ci sto lavorando, Remy. Raggiungerò la fine del tunnel, ma devi permettermi di trovare la strada da sola."

Se ogni tanto mi pentivo di essermi trasferito dall'altra parte del Paese, era soltanto per mia sorella. Prima che potessi aggiungere qualcos'altro, continuò, "E non azzardarti a sentirti in colpa per essere andato in Alaska. Era esattamente ciò di cui avevi bisogno dopo quello che è successo. Ti voglio tanto bene, ma non potrei sopravvivere con te che mi stai sempre col fiato sul collo. Lo sai benissimo che sarebbe andata a finire così, quindi non mentire," concluse, ridacchiando.

La sua risata mi strappò un sorriso, ma provai una dolorosa fitta al cuore. Odiavo che Shay avesse dovuto soffrire in quel modo, però in fondo la conoscevo molto bene. Era una vera guerriera. Perfino da ragazzina, era sempre stata ostinata e testarda. Soltanto dopo la storia disastrosa con il suo ex mi aveva permesso di sostenerla e aiutarla. Dentro di me, il pensiero che avessi agito troppo tardi continuava a tormentarmi. C'erano ancora troppe cose che non sapevo su ciò che le era successo prima che finisse all'ospedale.

Scossi via quei pensieri cupi, concentrandomi sul presente. "Lo so, Shay. È da una vita che mi dici di farmi da parte. Sono contento che ci sia Jackson lì a tenerti d'occhio."

Trattenne una risata. "Già, che gioia. Dai, raccontami un po' che succede lì da te. Ti prego, dimmi che ti sei trovato una ragazza."

Mia sorella era tanto protettiva nei miei confronti quanto io lo ero nei suoi. Dopo la morte dei nostri genitori, la mia ragazza mi aveva lasciato. Non subito, ma qualche mese dopo, con la scusa che ero diventato distante e mi ero chiuso in me stesso.

In realtà aveva assolutamente ragione. Avevo cominciato a vivere con il pilota automatico, dando pochissimo peso all'amore. Con Cheryl andava tutto discretamente, ma la perdita dei miei genitori aveva fatto luce su alcuni problemi di fondo. Ovvero, che il motivo per cui eravamo ancora insieme era che ci stavamo entrambi accontentando dell'altro.

Sebbene Shay fosse rimasta disgustata dal comportamento di Cheryl, in realtà io avevo capito benissimo perché avesse deciso di lasciarmi. Non ero ancora riuscito a metabolizzare il lutto e il dolore aveva influenzato negativamente su tutti gli aspetti della mia vita. Da quel momento in poi, Shay aveva smesso di ficcare il naso nella mia vita personale. Sei mesi prima, però, da un giorno all'altro aveva deciso che era giunto il momento che trovassi di nuovo l'amore.

Ero sollevato di non vivere nella sua stessa città perché sapevo che avrebbe provato a fare il Cupido della situazione. Anche se non poteva vedermi, sfoderai un sorriso. "Non posso ancora dire di essermi innamorato, ma ieri sera sono uscito a cena con una donna."

Il fatto che le avessi detto la verità sorprese pure me. Shay lanciò uno strillo emozionato che mi costrinse a spostare il telefono dall'orecchio. "Datti una calmata," le dissi un attimo dopo. "Siamo solo usciti a cena."

All'apparenza, era vero. Eppure, con Rachel c'era qualcosa di più profondo. Era riuscita ad avvicinarsi al mio cuore e a stuzzicare il suo interesse. Il mio membro non mi aveva ancora perdonato per la sera precedente. Una cena *non* bastava.

"Non mi importa. È fantastico che tu sia uscito con qualcuno. Parlami di lei."

Risi, scuotendo la testa. "Si chiama Rachel, ha un cane che si chiama Henry ed è bellissima."

"L'aspetto fisico non mi interessa, Remy. È una brava persona?"

Shay era la persona più sentimentale che conoscessi. Ripensai allo sguardo di Rachel quando ce l'avevo vicina e mi si strinse il cuore. Per quanto la conoscessi ancora molto poco, ero certo che fosse una brava persona.

"Sì, Shay, lo è. Ma siamo solo usciti a cena."

"Promettimi che le darai una chance," mi disse, il tono affettuoso.

Shay mi aveva già detto più volte, senza mezzi termini, che secondo lei avevo chiuso il mio cuore a qualunque altra donna. In realtà aveva ragione, ma non l'avrei mai ammesso. Non ad alta voce.

I sentimenti che provavo per Rachel mi spiazzavano, ma erano comunque troppo intensi per poterli ignorare. Non sapevo cosa ci avrebbe riservato il futuro, ma non avevo intenzione di fuggire un'altra volta.

"Te lo prometto, Shay."

"Quand'è che vi rivedete?"

"Stiamo giocando a *Venti domande*, per caso?"

"Posso farti venti domande, quindi?"

Gettai indietro la testa con una risata, girandomi

quando la macchinetta del caffè mi avvisò di aver finito. Col telefono in mano, mi avvicinai al mobile e presi una tazza. "No, preferirei di no. Sono un po' troppe. Allora, sarò in missione per tre giorni di fila, ma le ho detto che l'avrei chiamata quando sono libero. Contenta?"

Lanciò un altro gridolino. "Sì!"

"D'accordo, ora devo andare. Devo fare la doccia prima di andare in caserma. Salutami Jackson, ok?"

"Certo. Ti voglio bene, Remy."

"Idem."

Capitolo Dodici

REMY

Quel pomeriggio, lasciai a terra la motosega e mi sfilai i guanti di pelle, sedendomi poi sul ceppo di un albero caduto. Ward, seduto poco lontano, mi lanciò dell'acqua.

"Grazie, amico," dissi con un cenno del capo, prima di svitare il tappo e scolarmi la bottiglietta.

Essendo da poco iniziata la primavera, di incendi ce n'erano ancora ben pochi. Eravamo stati inviati in missione in una foresta di abete rosso poco distante, devastata da ormai una ventina d'anni dai coleotteri del legno. Il nostro obiettivo era quello di eliminare più alberi morti possibile, per prevenire gli incendi nei mesi più caldi. Dopo aver creato qualche fascia tagliafuoco, avremmo aspettato che la vegetazione si seccasse ulteriormente prima di procedere con un incendio controllato. Nel frattempo, saremmo rimasti lì per tre giorni. Era proprio il genere di lavoro che amavo, fisico ed estenuante, e perfetto per tenere la mente occupata.

Poggiai una mano alle mie spalle e sollevai lo sguardo verso l'orizzonte. Da quel punto dell'Alaska, il monte Denali, ovvero la cima più alta del Nord America, si ergeva su tutto il panorama.

Mi voltai verso Ward. "Certo che l'Alaska è proprio un posto stupendo."

Mi lanciò dell'altra acqua. "Hai proprio ragione." Un lento sorriso gli incurvò le labbra. "Ti sta piacendo, allora?"

"Te l'ho detto, la trovo stupenda."

Non avevo raccontato praticamente a nessuno il motivo che mi aveva spinto a trasferirmi lì, però Ward lo sapeva. In fondo, avevamo seguito l'addestramento insieme. Sapeva che avevo dovuto prendermi una pausa dopo la morte dei miei genitori. Una cosa che apprezzavo molto di lui come caposquadra e come amico era che non si impicciava mai negli affari altrui. Però, era sempre disposto a offrire tutto il suo supporto.

Dopo aver buttato giù qualche sorso d'acqua, continuai, "Willow Brook è proprio un bel paesino. Anchorage è a due passi, quindi posso andarci ogni volta che sento il bisogno di fare un giro in città. Però mi piace la tranquillità e a Willow Brook l'ho trovata."

"Aspetta che arrivi l'estate," commentò lui, con una risata. "La popolazione triplica, se non di più. Tua sorella come sta, invece?" La sua domanda poteva sembrare un semplice mezzo per cambiare argomento, ma non lo era. Ward prestava sempre molta attenzione a tutti i dettagli, anche se rimaneva sempre molto riservato.

Shay era passata a trovarmi in California durante il mio addestramento ed era lì che si erano conosciuti. "Sta bene."

Essendo finito il turno, si avvicinarono anche altri ragazzi. Dovevamo cominciare a preparare l'accampamento per la notte. Non ce la saremmo passata molto male, con un bel campo a nostra disposizione e dei grandi tendoni sotto cui poterci riparare. Con il terreno umido, potevamo perfino permetterci di accendere un fuoco. Durante la stagione degli incendi, invece, non si godeva di certi lussi.

Alcuni ragazzi stavano chiacchierando animatamente su un'emergenza della settimana precedente. "Ma lo sai che Carrie adesso ha *due* maledettissimi gatti che amano saltare sugli alberi? Arriverà il giorno in cui dovremo impedirle di prenderne un altro?" chiese Jesse Franklin, ridendo.

Beck sogghignò. "Ma no. Andare ad aiutarla è una passeggiata. C'è molto peggio. Pensa che l'altro giorno c'è stata un'emergenza per quello stronzo di Bruce Sutton. Grazie al cielo che non ci ho avuto a che fare io."

"È uscito di prigione?" chiese un'altra voce.

Io nel frattempo ascoltando passivamente la conversazione, senza darci troppo peso.

Beck annuì e il suo sguardo si incupì, attraversato da un lampo di rabbia. "Già. Ha scontato la pena ed è di nuovo a piede libero. Vive già con una tipa. Però ha sfondato il muro con un pugno e lei ha chiamato la polizia. O almeno così diceva il rapporto. È stato schedato, ha pagato la cauzione ed è tornato a casa la sera stessa. Ciò che più mi fa incazzare e che ha già dimostrato di essere un coglione con Rachel, quindi è terribile che stia trattando nello stesso modo un'altra donna. Che grandissima stronzata. Non capisco perché agli uomini come lui sia permesso frequentare qualcuno."

Alla menzione di Rachel, drizzai le orecchie. Ward scosse lentamente la testa, alzando gli occhi al cielo. "Hai proprio ragione. Però viviamo in un Paese libero.

Non esistono leggi che glielo impediscano. Spero sia stato almeno imputato per qualcosa."

Beck annuì. "Rex non era in servizio, ma l'ha fatto uno dei suoi uomini anche se alla fine la sua ragazza ha provato a difenderlo."

"Chi diamine sarebbe questo Bruce?" La mia domanda sorprese perfino me. Solitamente, preferivo tenere a bada la curiosità.

Ward si voltò a guardarmi. "Uno stronzo."

Continuò Beck. "Si è trasferito qui tempo fa. Conosci Rachel, sì?" Annuii e proseguì. "Beh, si sono messi insieme, ma la situazione è degenerata molto in fretta. Quando è riuscita a fuggire dalle sue grinfie, Bruce ha dovuto affrontare delle gravi accuse ed è stato spedito in prigione. Speravo che non avrebbe più avuto il coraggio di tornare dalle nostre parti."

"Tutto bene?" mi chiese Ward. Soltanto quando abbassò lo sguardo, notai che stavo stritolando la bottiglietta di plastica tra le dita.

Allentai la presa. "Sì. Però odio sentire storie del genere. Anche mia sorella ha vissuto un'esperienza simile. Quel bastardo del suo ex l'ha quasi distrutta. I danni fisici sono terribili, ma quelli interiori sono perfino peggio."

"E adesso sta bene?" mi domandò Beck.

"Sì, per fortuna. Il suo ex è sotto accusa e poi si è cacciato nei guai per aver ucciso due persone in un incidente d'auto, dopo aver guidato in stato di ebrezza. Gli toccherà marcire dietro le sbarre per un bel po'. Quindi, sì, diciamo che ne ho conosciuti anche troppi di stronzi del genere."

"Ti capisco benissimo. Rachel è una mia buona amica e non sopporto che quello lì sia tornato in paese," aggiunse Jesse. "Lo farò sapere anche a Charlie.

La vede ogni giorno e sono molto legate, quindi magari ci pensa lei ad avvisarla."

"Per caso ha chiesto qualche ordine restrittivo?" Maledizione, non riuscivo a tenere a freno la lingua. Sapevo fin troppo bene come funzionasse il sistema giuridico per le donne in difficoltà. Era lento come una lumaca e tutta carta straccia. Gli atti giudiziari non tenevano al sicuro nessuno.

Jesse annuì. "Sì, uno a lungo termine. A detta di Rex, sono piuttosto difficili da ottenere."

"Già, ma sono soltanto dei maledettissimi pezzi di carta," commentò Beck.

Quella sera, mentre provavo a mettermi comodo nel mio sacco a pelo, decisi che una volta tornato a casa avrei cercato qualunque informazione possibile su quel tizio. Volevo vedere che faccia aveva. Sapere che qualcuno aveva fatto soffrire Rachel mi stava dilaniando. Cominciavo a comprendere meglio quelle ombre che più volte le avevano oscurato gli occhi.

Mi addormentai nell'aria fredda notturna, pensando che quel senso di protettività era troppo intenso per una donna che conoscevo da relativamente poco tempo.

Capitolo Tredici

RACHEL

Il mio cuore martellava a ritmo costante contro le costole, mentre pestavo i piedi sul terreno. Schivai un sasso e sorrisi quando Henry si fermò più avanti, scodinzolando come un matto.

Amava andare a correre con me. Beh, magari era solo contento di poter uscire di casa. Era la prima volta che tornavo ad allenarmi dall'incontro casuale con Remy, per mancanza di tempo e di condizioni meteo adeguate.

Il terreno era ancora piuttosto fangoso, però non mi dispiaceva. Saltai oltre una pozzanghera e proseguii sul sentiero. L'aria fresca trasportava gli odori ricchi della primavera. I raggi del sole filtravano tra le foglie, proiettando trame a macchie sul terreno.

Quando raggiunsi Henry alla fine del giro, ero sudata, stanca ed esaltata. Durante l'inverno mi ero dovuta accontentare dell'ellittica, quindi poter uscire all'aperto era proprio rinvigorente.

Rallentai prima di approcciare l'inizio del sentiero e mi fermai a mettere il guinzaglio a Henry. Preferivo tenerlo legato per attraversare il parcheggio, perché poteva sempre arrivare qualche macchina sulla strada, ovvero una traversa della superstrada che portava a Willow Brook.

Henry mi toccò il ginocchio con il naso quando arrivammo davanti al SUV. Dal retro presi la sua ciotola e ci versai dentro dell'acqua. Mentre se la scolava, sollevai lo sguardo quando sentii un veicolo che svoltava nel parcheggio. Appena posai gli occhi sull'autista, mi si fermò il cuore e un profondo terrore mi paralizzò. Con lo stomaco sottosopra, mi veniva da vomitare.

Alla guida c'era Bruce, l'uomo che continuava a tormentare i miei sogni, che aveva fatto a brandelli la mia autostima e che mi aveva convinta di essere un'idiota. Abbassò il finestrino e si fermò alle mie spalle, bloccandomi nel parcheggio.

Prima di averlo conosciuto, non avrei mai notato un dettaglio del genere. Ma con lui avevo imparato, a mie terribili spese, quanto in realtà fosse importante prestare attenzione a ogni minimo dettaglio.

Bruce mi fissò, inespressivo. I capelli castani erano tenuti molto corti, gli occhi azzurri luminosi. Era davvero assurdo che un tempo l'avessi davvero trovato un bell'uomo. La mia mente mi riportò all'ultima volta in cui l'avevo visto. Eravamo in tribunale, dove aveva accettato un patteggiamento dopo un'aggressione nei miei confronti, la peggiore di una lunga sfilza. Fino a quel momento, in quei brevi sei mesi di relazione, era sempre stato molto più astuto e prudente. Aveva sempre prestato attenzione a lasciare i lividi soltanto sulle gambe o le braccia. Una volta anche al ventre, con un bel pugno sul fianco.

Quella fatidica volta, però, mi aveva colpita in pieno volto, lasciando un brutto livido su tutto il lato della faccia. Prontissima a testimoniare contro di lui, ci ero rimasta di merda quando gli avevano offerto un patteggiamento. Un anno in prigione e un ordine restrittivo di un anno per quando sarebbe uscito. Comunque, avrebbe dovuto consolarmi il fatto che sarebbe rimasto in libertà vigilata per tre anni per i suoi precedenti di violenza.

Ero completamente paralizzata. Grazie al cielo, una furia cieca montò a colmare quel vuoto rimasto aperto dalla paura.

"Stammi lontano, maledetto," dissi infine. Henry rizzò i peli sulla schiena, emettendo un profondo ringhio gutturale.

"Sono già ben lontano. Non mi ero manco accorto che fossi tu," replicò Bruce, la voce pacata che nascondeva quel tono minaccioso che conoscevo fin troppo bene.

Sollevò di nuovo il finestrino e se ne andò. Rimasi lì immobile e quel senso di rabbia che mi era esploso dentro si trasformò ben presto in paura. Con movimenti rigidi, raccolsi la ciotola e svuotai le ultime gocce d'acqua rimaste sulla ghiaia.

Henry, percependo il mio turbamento interiore, seguì con lo sguardo il veicolo di Bruce che si allontanava, sparendo dietro una curva. Un attimo dopo si avvicinò, il corpo caldo premuto contro la mia gamba. Mi tremavano le ginocchia e facevo fatica a respirare.

Alla fine di quell'incubo, ricordavo di aver chiesto a un'amica come accidenti avessi fatto a non rendermi conto che sarebbe andata a finire in quel modo. In risposta, aveva affermato l'ovvio. Se un uomo violento avesse mostrato sin da subito la sua vera natura, allora non avrebbe mai trovato l'occasione giusta per far soffrire qualcuno. Quelle sue parole le avevo trovate una magra consolazione, anche se alla fine avevo scoperto che ero soltanto una delle milioni e milioni di donne che avevano patito lo stesso destino. Non ero altro che una statistica.

Quella consapevolezza mi aveva dato almeno un poco di conforto. Però preferivo comunque non pensarci troppo, perché quei ricordi mi portavano sempre al pianto.

Feci un respiro tremolante ed espirai lentamente. Quando Bruce era finito in carcere, avevo deciso che sarei rimasta per sempre sola. La gioia che si poteva provare quando non si viveva nel terrore era talmente pura da essere sconvolgente. Perfino dopo tutto quel tempo, ancora non potevo crederci quanto sei miseri mesi passati con un uomo avessero potuto cambiare la mia vita per sempre.

Rimasta sola, con Bruce in prigione, mi ero fiondata al rifugio ed ero tornata a casa con Henry. Col tempo era diventato molto più che un semplice cane da guardia. Era il mio migliore amico. In quel momento, invece di fare il matto come sempre, mi stava rimanendo accanto per trasmettermi la sua forza.

Continuai a tremare per diversi minuti, finché non chinai lo sguardo su Henry. "Torniamo a casa?" Mi leccò il ginocchio e scodinzolò, battendo la coda contro le mie cosce.

Dopo averlo fatto salire sul retro, mi misi al volante e bloccai subito le portiere. Se prima ero tutta sudata e accaldata per la corsa, ormai ero gelida e umidiccia. Sentivo un freddo pungente, che mi penetrava le ossa.

Accesi il riscaldamento, chiedendomi dove diamine potesse essere andato Bruce. Forse avrei dovuto informare la polizia. Non avrei mai creduto neanche a una sua parola. Avrei dovuto immaginarmelo che sarebbe venuto a cercarmi non appena avesse messo piede fuori dal carcere.

Però ero assolutamente confusa, perché in realtà avrebbero dovuto comunicarmi per tempo la data del suo rilascio. Ormai avevo smesso di contare i giorni perché non potevo permettergli di continuare a rovinarmi la vita. Prima di mettere in moto, controllai il calendario del cellulare. In realtà mancava ancora qualche settimana perché finisse di scontare la pena.

Misi il pilota automatico nel cervello e tornai in paese. Praticamente senza rendermene conto, mi ritrovai nel parcheggio del Firehouse. Ma la cosa non mi sorprese affatto. Ogni volta che mi sentivo persa, mi bastava fare due chiacchiere con Janet James, la proprietaria del locale e vecchia amica di famiglia, per calmare i nervi. La caserma originaria del paese, un imponente edificio a base quadrata, era stata trasformata anni prima in un bar con ristorantino. Il vecchio garage ospitava diversi tavoli, con una cucina e una pasticceria a vista sul retro.

Entrai nel locale e l'ambiente tanto familiare riuscì subito ad alleviare la tensione che mi opprimeva il petto. Fiori di camenerio avvolgevano il vecchio palo al centro della sala, i colori vivaci che riuscivano a creare un'atmosfera accogliente e allegra. Alcuni clienti occupavano i tavolini su un lato e tirai un sospiro di sollievo quando vidi Janet che riempiva la vetrina della pasticceria, da dietro il bancone.

I suoi occhi marroni si arricciano sui lati con un sorriso quando mi vide. "Ciao, Rachel. Che ti porta qui a quest'ora?"

Mi fermai di fronte a lei e avvolsi le dita attorno al bordo liscio e arrotondato del bancone. Quando provai a risponderle, non uscì nessuna parola.

"Tutto bene?" mi chiese di nuovo, chiudendo la vetrina e lasciando il vassoio vuoto sul tavolo. I suoi capelli scuri, con qualche ciocca argentata, erano raccolti in una treccia. Se la portò dietro le spalle e mi guardò con aria preoccupata.

"In realtà no. Ho appena incrociato Bruce. Non sapevo fosse tornato."

Non c'era bisogno che le spiegassi altro perché Janet conosceva tutta quella storia terribile e imbarazzante. Fece il giro del bancone e mi prese a braccetto per portarmi sul retro. Lontane da occhi indiscreti, mi strinse tra le braccia. Janet era paffutella e calda, e molto probabilmente dava gli abbracci migliori dell'universo. Dopo un'ultima stretta, fece un passo indietro.

"Vai subito alla stazione di polizia e parlane con Rex," affermò con decisione.

"Non vorrei fosse eccessivo..."

Janet scosse la testa. "Assolutamente no. Se non ci parli tu, guarda che lo faccio io."

Incrociando il suo sguardo gentile, finalmente riuscii a fare un bel respiro profondo. "D'accordo."

Il tintinnio della campanella sulla porta attirò la nostra attenzione. "Devi tornare al lavoro," le dissi, quando non si mosse e rimase con una mano posata sulla mia spalla.

"Possono aspettare. Vuoi del caffè? Qualcosa da mangiare?"

Mi morsicai l'interno della guancia e le sorrisi dolcemente. "No, non ce n'è bisogno. Sono a posto così. Avevo giusto bisogno di qualche minuto per riprendermi. Vai pure." Janet esitò finché non le diedi una pacca sulla spalla. "Dai, su. Prometto che vado subito da Rex."

Pochi minuti dopo, parcheggiai davanti all'edificio che comprendeva la caserma e la stazione di polizia di Willow Brook. Rimasi seduta in macchina per un istante, chiedendomi se magari non stessi davvero esagerando. Ancora non avevo determinato quale fosse la parte peggiore di finire in una relazione abusiva. Era riuscito a manipolarmi completamente, portandomi perfino a dubitare di me stessa. Era una sensazione costante e dilagante, tanto che avevo cominciato a mettere in dubbio perfino le mie decisioni più basilari e irrilevanti. Proprio in quel momento, continuavo a chiedermi se quell'incontro con Bruce non fosse stato una pura coincidenza e temevo di aver amplificato troppo la cosa.

Però il mio istinto mi urlava tutt'altra cosa, con grande insistenza.

Incrociai il musetto allegro di Henry dallo specchietto, gli occhi affettuosi circondati da macchie nere e dorate. Portai un braccio sul retro e gli accarezzai la testa, al che mi leccò la mano. Finalmente avevo smesso di tremare e presi un bel respiro profondo per calmarmi.

Soltanto in quel momento mi accorsi che Remy mi aveva detto che si sarebbe fatto sentire proprio quel giorno. Avevo cercato di farmi gli affari miei, ma guarda caso Charlie era sposata con un altro hotshot, Jesse, che faceva proprio parte della sua stessa squadra. Potevo raccogliere qualche informazione senza neanche ci fosse bisogno di farle domande.

Avevo sentito di sfuggita che la squadra di Remy avrebbe dovuto passare tre giorni a ripulire una zona a rischio di incendio. Mi chiesi dunque se fossero già tornati e se l'avrei visto.

Remy ormai aveva trovato un posto fisso nella mia mente. Ma era normale, dato che mi aveva procurato l'orgasmo più intenso di tutta la vita. Ogni volta che pensavo a lui, il desiderio di averlo accanto rischiava di sommergermi.

Ciò che più mi aveva colpita era quel senso di

sicurezza che mi faceva sempre provare. Sentivo il disperato bisogno di trovarlo e rifugiarmi in lui. L'emozione mi serrò la gola. Odiavo che con Bruce fosse andata a finire in quel modo. Me ne vergognavo terribilmente e avrei preferito poter nascondere tutto quanto a Remy.

Ma in una cittadina piccola come Willow Brook, che amavo molto, sarebbe stato impossibile tener segreto quel periodo così buio del mio passato. E con Bruce di nuovo a piede libero, sarebbe stato ancora più difficile. Un altro vortice di emozioni mi travolse e provai a mandare giù il groppo alla gola.

Non ti azzardare a piangere per lui. Ti ha già fatta soffrire abbastanza.

Dopo un altro respiro tremolante, Henry ficcò il muso tra i sedili e premette il naso sulla mia spalla. Proprio mentre stavo decidendo se fare retromarcia e andarmene, il portone d'ingresso si aprì e uscì Maisie Steele a salutarmi.

Doveva aver notato la mia macchina. Abbassai un poco i finestrini per Henry, feci appello a tutto il mio coraggio e scesi dall'auto.

"Ehi, ciao," le dissi.

"Ti ho vista arrivare. Che succede?"

Le arrivai accanto e sfoderai un sorriso forzato, per quanto volessi soltanto piangere.

"Ehi, che succede?" mi chiese, passandomi un braccio sulle spalle per portarmi dentro.

Grazie al cielo, nell'ingresso non c'era nessuno. Giusto qualche sedia vuota e la "stazione di controllo" di Maisie, come le piaceva chiamarla. Era una mia buona amica e lavorava lì come centralinista. In un paesino così piccolo, significava che era sempre informata su tutto quanto e non le sfuggiva mai nessun gossip. L'anno prima, quando avevo chiamato la polizia per denunciare l'aggressione di Bruce, mi aveva risposto proprio lei.

Senza lasciarmi andare, si fermò davanti al bancone che circondava la sua scrivania. I suoi grandi occhi marroni mi fissavano con ansia. "Che succede?" ripeté.

Grazie al mio caratteraccio a volte un po' troppo autoritario, quando necessario, riuscivo a costringermi a superare perfino quei momenti così duri. Con un bel respiro per ricompormi, le risposi. "Quello stronzo di Bruce è uscito di prigione," sibilai, aggrappandomi a quella rabbia che mi vorticava dentro.

Sbarrò gli occhi, sorpresa. "Cosa?"

"Non mi è arrivata nessuna maledettissima notifica. Ho controllato il calendario e in realtà doveva uscire tra qualche settimana. Forse sto esagerando, ma ho deciso di dire a Rex che si è presentato nel posto in cui vado a correre con Henry."

Maisie scosse la testa, facendo rimbalzare i riccioli castani. "Devono averlo rilasciato prima perché per qualche problema di sovraffollamento o per buona condotta. Ma è comunque una stronzata. Io non posso muovermi da qui, ma vai pure a parlare con Rex," disse, voltandomi verso la porta che conduceva alla stazione di polizia.

"Sicura che non sto esagerando?" le chiesi.

"Ma certo che no," rispose lei con decisione, proprio quando squillò il suo telefono.

"Devo rispondere perché sono in servizio. Vai a parlare con Rex," concluse, correndo dietro la scrivania. "911, come posso aiutarla?"

La sua voce si fece ovattata quando mi chiusi la porta del piccolo corridoio alle spalle. Rex Masters era, ormai da anni e anni, il capo della polizia. Suo figlio Cade lavorava come caposquadra alla caserma. Ero amica di Cade e di Ella, sua sorella, dato che avevamo frequentato le superiori insieme. Rex per me era come un famigliare, cosa che aveva reso tutto ancora più complicato quando mi ero cacciata in quel casino con Bruce.

La vita non mi aveva affatto preparata a ciò che mi avrebbe fatto provare quella relazione tanto disastrosa. Mi ritenevo una donna forte, intelligente e indipendente, ma nel giro di pochi mesi avevo iniziato ad avere paura di raccontare agli altri ciò che stavo vivendo e non avevo idea di come fuggire a quella situazione in cui mi ero cacciata.

In retrospettiva, quel terrificante atto di violenza di Bruce di quella notte fu allo stesso tempo una benedizione. Era stata la goccia che aveva fatto traboccare il vaso, spingendomi finalmente a chiamare aiuto.

Capitolo Quattordici

RACHEL

Bussai piano alla porta aperta dell'ufficio di Rex. Al suono, sollevò lo sguardo e mi rivolse un sorriso.

"Rachel," disse, invitandomi a entrare. I suoi capelli si stavano facendo sempre più brizzolati. Il suo viso segnato dal tempo e sempre sorridente riusciva a rassicurarmi. Rex emanava un'aria di serenità, come se fosse sempre pronto a risolvere i problemi di tutti quanti.

Considerai quasi l'idea di lasciare la porta aperta, ma preferivo che nessuno ci interrompesse. Me la chiusi alle spalle e mi accomodai davanti alla scrivania. Rex si tolse gli occhiali dal naso e si massaggiò gli occhi, poi con un altro sorriso li guardò.

"Ho provato a dire a Georgie che non ne avevo bisogno. Mi ha riso in faccia e ho dovuto ammettere che aveva ragione. Comunque sia, volevo chiamarti proprio oggi."

"Bruce è in città."

Quando pronunciai il suo nome, un violento brivido di terrore mi pervase. Mi costrinsi a calmarmi e a tenere a bada la rabbia.

Rex sospirò. "Esatto, volevo chiamarti proprio per questo. Io sono stato fuori fino a questa mattina, ma al mio ritorno ho visto che è già stato schedato per un'altra aggressione. Non sapevo neanche fosse stato rilasciato, né tantomeno che fosse qui in paese. Devo chiamare il carcere per chiedere maggiori informazioni, ma sospetto sia fuori da qualche settimana. E credo sia arrivato a Willow Brook giusto da qualche giorno. Altrimenti qualcuno l'avrebbe visto prima."

"Ho l'ordine restrittivo contro di lui, ma oggi l'ho visto. Si è presentato vicino al sentiero dove vado sempre a correre quando c'è bel tempo. Non so se magari ne sto facendo una questione più grande di quello che è, ma sono piuttosto certa che sapesse già che mi trovavo lì. Ma ha provato a giustificarsi dicendo che era solo una coincidenza." Mi si ritorse lo stomaco. "Com'è possibile che non mi abbia informato nessuno? Avrei dovuto ricevere un avviso."

Rex annuì. "Il mio sostituto non ne sapeva niente. È stato imputato, ma è uscito la sera stessa su cauzione. Mi dispiace, Rachel. Se l'avessi saputo prima, ti avrei senz'altro informata. Ma purtroppo è successo tutto mentre io non c'ero."

Volevo urlare e piangere insieme. Durante quell'ultimo anno che Bruce aveva passato in prigione, me le ero inventate di tutti i colori per scacciare la paura. Quei sei mesi passati con lui avevano inciso profondamente sulla mia vita. Odiavo quel periodo. Aveva cambiato tutto quanto, inclusa me stessa. Mai avrei pensato che mi sarei cacciata in una situazione tanto disastrosa.

Continuando a tenere a bada la rabbia, ressi lo sguardo di Rex. "Non so perché diamine sia tornato a Willow Brook. Puoi accusarlo per aver violato l'ordine restrittivo?"

"Oh, ci proverò assolutamente. Dipende tutto dal procuratore, ma farò comunque del mio meglio. Raccontami esattamente cos'è successo." Girò la sedia, facendo roteare il piatto girevole con sopra il computer portatile. "Scrivo subito il rapporto, così posso riferire tutto al procuratore finché sei ancora qui."

Gli dissi esattamente quello che era successo. Provò a restare ottimista, ma non voleva illudermi troppo. "Indipendentemente dal risultato, posso comunque sfruttare l'occasione per fare una bella chiacchierata con Bruce. Se il procuratore ci permette di sporgere denuncia, lo faremo subito. Se non accetta, sarà perché Bruce sostiene di averti incontrata per caso. Gli dirò chiaro e tondo che se si azzarda a tirare troppo la corda, la denuncia *arriverà*."

Rex posò per un breve istante lo sguardo sullo schermo. "Ascoltami bene, i tipi come lui ci riprovano ancora e ancora. Quando oggi ho saputo del macello dell'altra sera, speravo significasse che finalmente ti avesse dimenticata. Pensando ai suoi precedenti, non è abituato a farsi cacciare via da una donna in così poco tempo. Non sto mica dicendo che mi fa piacere si stia sfogando su un'altra donna. È che odio anche solo immaginarlo vicino a te."

Col respiro corto, mi accorsi che stavo conficcando le unghie nel palmo della mano. Allentai la presa e distesi le dita. "La conosco?"

Rex scosse la testa. "Non credo." Morsicandomi il labbro, sospirai piano. "Dai, adesso chiamo il procuratore. Va bene?"

Al mio cenno di assenso, Rex prese il telefono. Riassunse brevemente il mio rapporto e infine annuì prima di terminare la telefonata.

"Non che mi sorprenda, ma secondo lei per questa

volta è meglio se lasciamo correre. Comunque sia, dice che una bella chiacchierata è giustificata. In questo modo, se dovesse succedere di nuovo, abbiamo la scusa che l'avevamo già messo in guardia e che conosceva le conseguenze. Lo rintraccio subito," affermò Rex, alzandosi in piedi.

Uscimmo dal suo ufficio e si voltò a guardarmi. "So che ti piace sbrigare tutto personalmente, quindi ti ringrazio per essere passata a parlarmene. Stroncheremo la cosa sul nascere."

Detto ciò, mi salutò e attraversò il corridoio che portava sul retro della stazione. Io tornai dunque all'ingresso e salutai con la mano Maisie, che stava ancora parlando al telefono. Prima che potessi voltarmi, sollevò la mano e mi invitò ad avvicinarmi alla reception.

Quando la raggiunsi, chiuse la telefonata e si tolse le cuffie. "Ehi, com'è andata?"

"Rex parlerà con Bruce. Non ci posso quasi credere, ma quel bastardo si è fatto arrestare giusto qualche giorno fa."

Maisie sospirò, annuendo. "L'ho appena scoperto pure io. Quella sera non ero in servizio. Ho scritto un'email a tutto il distretto perché mi informino appena esce fuori qualcosa su Bruce, anche se non sono in servizio."

"Non è..." cominciai.

Scosse la testa, agitando i riccioli. "Non posso crederci che mi sia sfuggita una cosa simile. Non puoi mica dirmi cosa posso o non posso fare, quindi fattene una ragione. Ho appena chiamato Beck e gli ho fatto una bella ramanzina. Sono tornati solo oggi, ma perfino lui sapeva tutto."

L'atteggiamento protettivo di Maisie mi fece venire

voglia di piangere. Ero davvero fortunata ad avere delle amiche così speciali.

"È passato più di un anno dal suo arresto," dissi. "Sicuramente l'avrei scoperto comunque molto presto. Non che in realtà mi interessi davvero. Voglio solo che stia alla larga dalla città."

La porta sul retro si aprì e uscì Beck, il marito di Maisie. "L'ho scoperto solo questo fine settimana e lo sai che eravamo nel bel mezzo del nulla," disse senza neanche salutare, guardando prima lei e poi me.

"Sto bene, Beck. Che ci possiamo fare?" risposi.

Beck posò un gomito sulla scrivania. "Però è una vera schifezza. Ma tranquilla, adesso siamo al corrente di tutto quanto, quindi anche noi squadre terremo gli occhi bene aperti."

Maisie gli rivolse un sorriso mentre lui stava facendo il giro della reception per darle un bacio sulla guancia. Prima che Maisie si fosse trasferita in paese, non avrei mai immaginato che un giorno Beck avrebbe messo su famiglia. Ormai era un vero uomo di casa. Adorava sua moglie e avevano già due bambini.

Quando Beck raddrizzò la schiena, la porta si aprì di nuovo e uscì Remy. Dentro di me mi sentivo assolutamente scombussolata. I residui della scarica di adrenalina mi scorrevano ancora dentro e quella rabbia che era riuscita a tenere a bada le lacrime ardeva ancora con intensità.

La presenza di Remy mi scosse tutta, nel profondo. I suoi capelli biondi erano color oro brunito, gli occhi verdi brillavano mentre mi studiavano il volto. Pareva sorpreso di vedermi. Io, intanto, non desideravo altro che gettarmi tra le sue braccia e dimenticare tutto il resto.

Capitolo Quindici

REMY

Trovai Rachel di fronte alla reception della caserma. Sebbene non fossimo soli, non riuscivo a strapparle gli occhi di dosso. Era terribilmente sexy e stupenda. I capelli lucidi erano raccolti in una coda di cavallo, aveva le guance arrossate e gli occhi luminosi. Indossava una maglietta sopra dei leggings felpati aderenti.

Molto probabilmente, era uscita a correre. Studiandole meglio gli occhi, mi accorsi che doveva aver pianto. Un misto di rabbia e vulnerabilità vi turbinavano dentro, con un pizzico di desiderio che brillava sotto la superficie.

La voce di Beck spezzò quel silenzio teso che si era venuto a creare. "Beh, io devo andare. A che ora finisci?" chiese a Maisie.

Quando mi voltai a guardarla, notai il modo in cui il suo sguardo sfrecciava con curiosità tra me e Rachel. Un attimo dopo, si rivolse a Beck. "Tra mezz'ora. Mi aspetti o vai subito a casa? Max e Carol sono con tua mamma."

Ci mise un attimo anche lui a risponderle, perché

troppo impegnato a guardare noi due. Era evidente che avessero colto entrambi che tra di noi c'era qualcosa. Subito dopo, riportò lo sguardo su sua moglie. "Vado a prenderli e ci vediamo a casa, ok?"

Quando Maisie annuì, le rubò un bacio fugace ma ardente. Quell'uomo era ossessionato da lei, quasi al ridicolo. Tutti i nostri compagni si divertivano a prenderlo per il culo, ma a lui non gliene fregava davvero un fico sesso. Avevo sentito che prima di conoscerla era sempre stato un vero playboy, ma stentavo davvero a crederci. Adorava Maisie ed era un padre eccezionale. Non l'avevo mai sentito lamentarsi della situazione a casa con due bambini così piccoli.

Raddrizzando la schiena, rivolse un sorriso anche a noi due. "Ci si vede," concluse con un saluto, prima di tornare sul retro. Proprio in quel momento, squillò il telefono. Maisie rispose all'istante, entrando in modalità professionale.

Rachel cominciò ad allontanarsi dalla scrivania. "Sono giusto passata qui per una cosa. Non..."

Dato che non concluse la frase, ne approfittai per colmare il silenzio. "Stavo giusto per scriverti. Stasera ti va di uscire a cena?"

Sbarrò gli occhi e arrossì, ma un sorriso le incurvò le labbra. Maledizione, quanto avrei voluto baciarla. Con passione.

"Ehm, d'accordo. Dove vuoi andare?"

"Decidi tu e io passo a prenderti."

La realtà era che non poteva fregarmene di meno. Mi bastava poter passare qualche ora con lei. Anzi, avrei voluto molto di più, ma avrei accettato volentieri qualunque cosa si sentisse pronta a darmi.

Eppure, percepivo un certo turbamento che mi incuriosiva a dir poco.

"Sai, se per te non è un problema, preferirei non uscire. Preparo la cena a casa. Henry è felicissimo quando qualcuno viene a trovarci," aggiunse.

"A che ora?"

Lanciò un'occhiata all'orologio fissato sopra la porta. "Alle sei?"

"Ci sarò."

In quel momento, un pick-up sfrecciò davanti all'edificio. Rachel voltò la testa verso la finestra e rimase come paralizzata.

Che cazzo succede?

L'auto si fermò di colpo, sballottando avanti e indietro. L'uomo al volante spense il motore e scese dall'auto. Proprio in quel momento, anche Rex entrò nel parcheggio, con le sirene accese, e si fermò dietro al pick-up.

L'altro autista si voltò verso Rex quando uscì dalla macchina e sollevò la mano, il dito medio alzato. Per qualche motivo, dentro di me sentivo che Rachel avesse reagito in quel modo per colpa di quell'uomo. Senza neanche pensarci, mi volta e la presi per mano. "Vieni, andiamo sul retro."

Un leggero tremore la percuoteva tutta e desideravo soltanto stringerla tra le braccia. Pur non conoscendo i dettagli, il mio istinto mi diceva che quell'uomo l'aveva ferita.

Voltandomi verso la porta, incrociai lo sguardo di Maisie. Con le labbra, mimò un, "Grazie."

Per fortuna Rachel mi seguì senza fare storie. Senza dire una parola, attraversò la porta che tenni aperta ed entrò in corridoio. Circa a metà strada, Beck uscì dal suo ufficio e ci invitò a entrare. Maisie doveva avergli mandato un messaggio.

Quando ci chiudemmo la porta alle spalle, Rachel

si abbandonò su una sedia vicino a un tavolino rotondo, affondando il viso tra le mani. Il suono del suo respiro irregolare riempiva l'aria. Assolutamente preso alla sprovvista, decisi di sedermi davanti a lei.

"Stai bene?"

Dopo un minuto di silenzio, sollevò la testa e incrociai i suoi occhi umidi di lacrime. "Sto bene. Sto benissimo, cazzo!" La sua rabbia feroce era quasi palpabile. "Quello stronzo che c'era là fuori rappresenta l'errore peggiore che abbia mai commesso in vita mia. So che ci conosciamo a malapena..." Si fermò quando scossi la testa.

Risposi alla domanda che le lessi negli occhi. "Non direi proprio. Prima della settimana scorsa ti consideravo un'amica, pur conoscendoti gran poco. Ma adesso so cosa provi. Non fingere che non lo sappia," le dissi, le parole più dure di quanto avrei voluto.

Rachel aprì e richiuse la bocca, mentre un rossore le tingeva le guance. "D'accordo. Il punto è che non sapevo sarebbe finita in un tale disastro. Quello stronzo là fuori" — si fermò e puntò un dito verso l'ingresso — "mi ha picchiata per mesi e adesso è uscito di prigione."

Una furia cieca mi attraversò, ma la soffocai. Non sapevo di cosa potesse avere bisogno Rachel in quel momento. "Beh, vedo che sei riuscita a cacciarlo dalla tua vita," dissi, la voce delicata.

Quel dolore misto a rabbia che le leggevo negli occhi mi stava uccidendo. Avrei voluto abbracciarla, avrei voluto fare l'amore con lei e avrei voluto cancellare quello stronzo dalla faccia della terra. Quegli impulsi contrastanti mi turbinavano dentro, in un vortice di emozioni.

"Gli spacco il culo da parte tua." Essendo a due passi dalla stazione di polizia, se gli avessi messo le mani addosso non l'avrei di certo fatta franca, ma per lei ero disposto a fare qualunque cosa.

Un sorriso amaro le apparve sul volto, mentre scuoteva lentamente la testa. "No, tranquillo. Non merita la minima attenzione. Però mi faresti un favore?"

"Qualunque cosa."

"Non voglio uscire finché non se n'è andato, però non voglio neanche andare a controllare se c'è ancora il suo pick-up. Non è che potresti controllare tu?"

Mi avvicinai al telefono e chiamai la linea di Maisie. Il fatto che la stessi contattando dall'ufficio di Beck avrebbe giocato a mio favore.

Proprio come pensavo, rispose subito. "Che vuoi? Qui c'è un bel..."

La interruppi. "Sono Remy."

"Oh, scusa la maleducazione. Pensavo fosse Beck."

"Immaginavo. Volevo giusto informarti che sono qui nel suo ufficio con Rachel. Sei in vivavoce. Non è che potresti farci sapere quando quello stronzo se ne va?"

"Oh, grazie al cielo. Stai bene, Rachel?"

Rachel sospirò. "Sì."

"Bene. Allora, per il momento Rex ci sta ancora parlando. Appena se ne vanno, vi faccio sapere. Oh, anzi, sta già salendo in macchina."

Qualche ora dopo, svoltai nel vialetto di Rachel. Continuavo a rimuginare su quello che era successo in caserma. Dopo aver parlato con Maisie, ero comunque uscito fuori per confermare che Bruce se ne fosse effettivamente andato. Rex aveva assicurato Rachel che se quello stronzo le si sarebbe più avvicinato, l'avrebbe arrestato e il procuratore gli avrebbe fatto causa.

Avrei preferito non lasciarla tornare a casa da sola, ma quando le avevo proposto di seguirla mi aveva praticamente fulminato con lo sguardo. Mi ero dunque morso la lingua, trattenendomi dal seguirla comunque. Quando se n'era andata, io mi ero fiondato nell'ufficio di Rex per chiedergli più spiegazioni.

All'inizio aveva esitato a darmi le risposte che cercavo, ma poi mi aveva guardato bene negli occhi. "D'accordo, vedo che non devo preoccuparmi troppo."

Non avevo neanche provato a negare i suoi sospetti.

Sentivo Henry che abbaiava dall'ingresso ed ero davvero contento che ci fosse lui con Rachel. Sapevo che non avrebbe permesso a nessuno di avvicinarsi, non senza prima scatenare una vera bufera. Andai a bussare e, dopo aver detto a Henry di piantarla, Rachel aprì la porta. I capelli sciolti le ricadevano morbidi sulle spalle, lucidi e setosi. La tentazione di intrecciarci le dita e baciarla lì sul momento era quasi troppo forte.

Ma a provocarmi non erano soltanto i capelli. Le sue labbra carnose e morbide si incurvarono in un dolce sorriso quando i nostri sguardi si incrociarono.

"Ehi, accomodati pure. Henry darà di matto se non ti saluta subito."

Oh, giusto. Henry. Amavo i cani, ma fermarmi a salutarlo non era di certo in cima alla mia lista di priorità. Avrei decisamente preferito baciare lei.

Ciò nonostante, sorrisi e varcai la soglia, mentre lei mi chiudeva la porta alle spalle. Mi inginocchiai ed Henry cominciò a girarmi intorno scodinzolando, battendomi la coda contro la schiena mentre gli accarezzavo la testa. "Ciao, campione," gli dissi, prima di rialzarmi in piedi. Trotterellò dunque per la stanza e raccolse una corda multicolore, che lanciò in aria per riprenderla al volo.

Rachel si fece una risata. "Sa come divertirsi anche da solo. Seguimi pure," mi disse, invitandomi verso la cucina. Aveva i capelli umidi dalla doccia. Mi sarebbe piaciuto proprio tanto poterla rivedere con quella maglietta attillata e i leggings che le abbracciavano tutte le curve.

Non che potessi lamentarmi del suo nuovo outfit. Indossava una gonna elastica in cotone e una maglietta a maniche lunghe che premeva contro il seno e aveva una deliziosa scollatura. Essendo scalza, potevo vedere lo smalto viola sulle unghie. Il colore stravagante mi strappò un sorriso.

Arrivati in cucina, indicò uno degli sgabelli dietro al bancone. "Siediti pure. Ho quasi finito. Vuoi una birra o del vino? O qualcos'altro, magari?"

"Una birra."

Aprì lo sportello del frigorifero e si voltò a guardarmi. "Scegli pure," disse, mostrandomi tre diverse opzioni.

"Prendo quella più scura," risposi.

Un istante dopo, mi porse una bottiglia di birra aperta e tornò ai fornelli, abbassando un poco il fuoco.

Intrecciai i piedi alle gambe dello sgabello e bevvi un sorso di birra, prima di rompere il ghiaccio. "Ti piace cucinare?"

"Oh, tantissimo. Non potrei mai diventare una di quelle persone super magre che seguono una dieta perché amo troppo il cibo."

"Beh, allora non cambiare," mormorai, pensando che sarebbe stato un vero peccato se avesse perso quelle sue meravigliose curve. Si voltò a guardarmi, le guance arrossate.

Dopo cena, dato che Rachel mi aveva cacciato dalla cucina per non farmi pulire, portai Henry a fare i suoi bisogni. Tornati a casa, trotterellò verso la poltrona nell'angolo e vi balzò sopra, riuscendo ad addormentarsi all'istante. Rachel chiuse la lavastoviglie e si voltò a guardarmi, avvolgendo le dita alla maniglia.

Quella serata si era rivelata una vera prova per il mio autocontrollo. La verità su Bruce mi aveva sconvolto nel profondo. Mi sentivo in dovere di proteggere Rachel, ma allo stesso tempo sapevo che non avrebbe apprezzato.

Non aveva più senso provare a oppormi a quella forte attrazione che sentivo verso di lei. La mia ragione passò in secondo piano, lasciando vincere il desiderio che mi fremeva dentro da quando l'avevo rivista, quell'insolita possessività e il bisogno di farla mia.

Il suo sguardo schizzò verso la porta alle mie spalle, sicuramente per controllare che l'avessi chiusa dopo essere tornato dentro con Henry. Anche mia sorella faceva sempre la stessa cosa. Eppure, era un qualcosa a cui io non avevo mai dato peso in vita mia. Cielo, non pensavo mai a chiudere tutte quante le porte quando ero a casa. Io non me ne preoccupavo mai, ma sapevo quanto fosse diverso per Rachel.

Mi voltai e chiusi a chiave. Gli occhi di Rachel incrociarono i miei, strabuzzati. Aprì la bocca come per dire qualcosa, ma poi la richiuse.

"Ti va di parlare di quello che è successo questo pomeriggio?" Neanche posta la domanda, che già volevo rimangiarmela.

Non c'era bisogno di rovinare l'umore con un argomento così pesante. Rachel mi fissava e avrei tanto voluto entrarle nella testa. Socchiuse gli occhi e il rossore si intensificò. Dopo un momento, scosse la testa.

"Non c'è molto altro da dire. Odio quella parte del mio passato, ma non posso farci nulla. Ci sono molte cose che si possono cambiare, ma non il proprio passato."

Lasciò andare la maniglia della lavastoviglie e attraversò la cucina per raggiungermi. Dentro di me regnava la più totale confusione, un misto di angoscia mescolata a desiderio.

Occhi nei miei, si posò una mano sul fianco. "Non azzardarti a provare pena per me," affermò, il tono pacato e controllato. "Sono sopravvissuta e sono pronta a superare qualunque stronzata mi lanci addosso. Non dispiacerti per ciò che mi è successo. È stata tutta colpa mia e avrei dovuto aspettarmelo."

Non era pietà che provavo. Protettività? Possessività? Rabbia contro lo stronzo che l'aveva fatta soffrire? Sì, sì e ancora sì. Senza dubbio.

"Non era assolutamente mia intenzione," replicai, avvicinandomi. "Ma non azzardarti a dire che avresti dovuto aspettartelo. Mia sorella ha vissuto un'esperienza simile. Non è un qualcosa che si può prevedere. Quando si ha un cuore puro, ci sia aspetta lo stesso anche dagli altri. So che sei una donna forte e intelligente. Il problema degli stronzi è proprio quello. Sperano che gli altri diano loro il beneficio del dubbio. E di solito lo facciamo."

Le scintillavano gli occhi e, dopo un momento, un lampo di tristezza li attraversò. "Mi dispiace per tua sorella."

"Stai infrangendo la tua stessa regola. Non ti devi dispiacere. Anche lei ne è venuta fuori e adesso sta bene."

Rachel rise piano. "Hai ragione." Mi guardò per un

altro lungo momento e poi mi carezzò la mascella. "Non voglio più pensare a quella storia. È nel passato ed è lì che ce la voglio lasciare."

Con un altro passo, le sue morbide curve si premettero al mio corpo. Trattenni il fiato quando mi passò una mano dietro la nuca e si sollevò per un bacio.

Capitolo Sedici

RACHEL

Un desiderio sfrenato si mescolava a quel vortice di emozioni che mi turbinava dentro da ore. Dopo l'episodio in caserma, la tentazione di annullare la serata con Remy era stata forte. Mi sentivo troppo vulnerabile, le emozioni che rischiavano di traboccare da un momento all'altro. La rabbia era svanita, lasciandomi indifesa. Odiavo sentirmi così fragile ogni volta che pensavo a Bruce.

Eppure, il bisogno di vedere Remy era stato talmente forte che nemmeno il mio buon senso era riuscito a soffocarlo. Volevo perdermi in quella follia che ci travolgeva sempre. La parte meno razionale di me voleva bruciare il rimorso, la frustrazione e il dolore con le fiamme del desiderio che ardeva tra di noi.

Però non mi facevo illusioni. Non pensavo che Remy mi avrebbe salvata. Non pensavo che avrei mai trovato quel lieto fine in cui tutti sperano prima che la vita stravolga tutti i piani. No, mi consideravo fortunata soltanto a poter passare una notte con un uomo che non era uno stronzo.

Ciò che c'era con Remy era come un fulmine che colpiva erba secca. Impossibile da afferrare, ma che ti scottava se ci provavi. L'unica scelta rimasta era lasciare che colpisse e bruciasse tutto.

Nonostante la mortificazione provata quando Remy aveva assistito a quel mio momento di debolezza, quell'emozione aveva alimentato rabbia e frustrazione fino a crescere in una ferrea determinazione. Bruce era riuscito a distruggermi dall'interno. Finalmente ero riuscita a fuggire da quella terribile sensazione, ma ero anche diventata più forte e non mi sarei più vergognata del mio passato. Temevo che la scoperta avrebbe fatto fuggire Remy a gambe levate, ma mi stava dimostrando l'esatto contrario.

Quando gli portai la mano dietro la nuca, infilando le dita tra i capelli scompigliati, tirai un sospiro di sollievo perché non esitò manco un istante. Chinando la testa, posò la bocca sulla mia. Dopo una carezza delle labbra e un morsetto, cercò la mia lingua con la sua quando mi spinsi contro di lui.

Santo cielo, Remy baciava come un dio, un mix di delicatezza e passione intensa, un contrasto che mi faceva eccitare come non mai.

Posando una mano sulla mia guancia, accarezzò la curva dello zigomo e infilò le dita tra i capelli, stringendo un poco. Il leggero bruciore sulla cute era più che benvenuto. Ogni sensazione che suscitava era intrecciata col piacere.

Con l'altra mano mi carezzò la schiena, un tocco caldo e deciso che mi strappò un gemito deliziato. Il suono parve accendergli qualcosa dentro. Palpandomi il sedere, cominciò a strofinare il bacino contro il mio. Quando avvertii l'erezione che pulsava sotto i jeans, mi sfuggì un sussulto.

Ogni sensazione era come amplificata. La mia pelle

fremeva tutta e un calore languido mi pervase il basso ventre. Avevo le mutandine bagnate praticamente da quando Remy aveva messo piede in casa mia. Era sexy come il peccato. Riusciva a riaccendermi dentro un desiderio irrefrenabile, soltanto con la sua mera presenza.

Mentre le nostre lingue danzavano insieme, le mie mani esploravano il suo petto solido e muscoloso, così in contrasto con le mie curve morbide. Mormorò qualcosa quando gli graffiai la schiena, dal tessuto della maglietta.

Staccandosi dalle mie labbra, sussurrò, "Non so fino a dove ti vuoi spingere."

Sebbene non avesse usato un tono interrogativo, sapevo che mi stava ponendo una domanda. Santo cielo, quell'uomo rischiava di uccidermi. Ormai stava conquistando ogni parte di me: corpo, cuore e anima. Sebbene Bruce avesse lasciato brutte cicatrici, non si era mai avvicinato al mio cuore tanto quanto Remy.

"Oh, non ci fermiamo proprio," risposi, fissandolo dritto negli occhi.

Se potevo permettermi di abbandonarmi al piacere decadente soltanto per quella sera, allora non mi sarei mai lasciata scappare l'occasione.

Quando un lento sorriso gli incurvò le labbra, per poco con crollai ai suoi piedi, col cuore a mille e uno stormo di farfalle nello stomaco.

"Sono contento che siamo sulla stessa lunghezza d'onda. In quel caso, dov'è la camera da letto, dolcezza?"

Una parola, un semplicissimo vezzeggiativo, e per poco non mi sciolsi.

Con un respiro tremolante, feci un passo indietro per voltarmi, prendendolo per mano. Lanciai un'occhiata a Henry, che dormiva profondamente sulla sua poltrona preferita. Da quando ce l'avevo con me, non avevo mai portato un uomo a casa. Solitamente, dormiva ai piedi del mio letto. Non mi dispiaceva mai, ma in quel caso preferivo non avere uno spettatore con noi.

Mentre conducevo Remy in camera, pensavo a quanto mi sentissi sollevata per essermi liberata di tutti i mobili che avevo in casa quando Bruce aveva stravolto la mia vita. Per lasciarmi tutto alle spalle, compresi i ricordi amari, avevo deciso di ricominciare da zero. Sbarazzarmi di qualunque cosa potesse essere ricollegata a lui era stato a dir poco purificante.

Entrai nella stanza e accesi le due lampade agli angoli premendo l'interruttore con il gomito. Quando la porta si richiuse alle nostre spalle, venni travolta da un forte senso di angoscia. Prima di Bruce, non ero mai stata timida nel sesso. Ma nel giro di giusto pochi mesi, Bruce era riuscito a rovinarmi anche quello. Era perennemente insoddisfatto e faceva sempre ricadere la colpa su di me. Col tempo, anche se troppo tardi, avevo imparato che era un problema comune a tutti gli uomini come lui.

L'effetto distruttivo delle sue parole mi aveva fermata dall'approcciare qualunque altro uomo, fino a quel primo bacio con Remy.

Provai a soffocare quell'ansia. Per un istante, temetti che non ce l'avrei fatta. Senza dire niente, Remy prese le redini della situazione. Mi fece scivolare le mani lungo i fianchi, il tocco forte e sicuro che pareva quasi venerare il mio corpo.

"Girati, dolcezza," mormorò, il suono ruvido della sua voce caldo come una carezza.

Era impossibile resistergli. Forse valeva soltanto per me, ma proprio non riuscivo a immaginare nessuna donna dirgli di no.

Mi voltai e incrociai il suo sguardo incandescente come lava. Remy era l'incarnazione della virilità, una mascolinità sfrontata e assoluta. E il modo in cui mi guardava rischiava di farmi sciogliere come burro.

"Sì?" gli chiesi, quando non aggiunse altro.

Il suo sguardo si fece ancora più intenso quando cominciò a esplorare ogni centimetro del mio corpo. "Oh, stavo giusto calcolando in quanto poco tempo potrei toglierti tutti i vestiti di dosso."

Una vampata di calore mi travolse e mandai giù il groppo alla gola. La chimica tra di noi era così tanto potente da soffocare tutti quei dubbi che cercavano di farsi spazio nella mia mente. Quei dubbi che mi facevano sempre rimuginare troppo, che mi portavano a chiedermi se stessi facendo la cosa giusta o sbagliata. Con Remy, il desiderio cancellava tutto il resto. Poter spegnere il cervello era un vero lusso.

Con una risata, sfilai la gonna e la maglietta, che lasciai in una montagnetta sul pavimento. Quando il suo sguardo viaggiò sul mio corpo, si lasciò dietro una scia di fuoco.

Col desiderio che pulsava dolorante tra le cosce, cominciai a strofinarle come una disperata. Remy era lì di fronte a me, le labbra morbide che mi tempestavano la spalla di baci, le mani grandi e ruvide che mi carezzavano le curve dei fianchi. I nostri corpi erano proprio l'opposto dell'altro. Lui, un muro solido di muscoli, io, rotonda e morbida.

"Dolcezza, così mi uccidi."

Deglutii per dire qualcosa, che però si dissolse in un sospiro tremulo quando mi sollevò con estrema facilità tra le braccia, avvicinandosi al letto per lasciarmi sul materasso. Si tirò dunque su e portò una mano dietro alla nuca per sfilarsi la maglietta con un movimento fluido.

Avevo già visto il suo petto nudo quel pomeriggio, in caserma, ma avevo dimenticato quanto fosse glorioso. Mi si seccò la gola e sentii il sesso pulsare quando lanciò la maglia da parte, insieme ai miei vestiti. Mentre io lo ammiravo, calciò via gli scarponi e i jeans, rimanendo di fronte a me con indosso nient'altro che gli slip.

L'eccitazione era ben evidente. Sentivo quanto ero bagnata, la seta delle mutandine attaccata alla pelle. Il bisogno di averlo dentro di me mi stava facendo impazzire.

Prima che potessi anche solo formulare un qualcosa che assomigliasse anche lontanamente a un pensiero concreto, Remy si allungò accanto a me sul letto e cominciò a posare baci delicati nella valle tra i seni. Le mie mani voraci gli esplorarono il petto, scivolando fino al suo sedere sodo per premerlo contro di me quando mi salì sopra.

Volevo tutto quanto, tutto insieme. Ma quel desiderio venne presto sostituito dalla tortura che mi stava infliggendo. Piacere e trepidazione entrarono in collisione mentre esplorava il mio corpo con le mani e la bocca, scatenando scintille sulla superficie della pelle.

Ormai non esisteva più nient'altro che noi due, intrecciati insieme sul mio letto. Non si stava lasciando sfuggire neanche un centimetro del mio corpo. Come una disperata, strofinavo con forza il bacino contro il suo. E invece lui se la stava prendendo comoda, scendendo lentamente lungo il mio corpo, tracciando una scia di baci dal seno fino al ventre.

Con una mano stuzzicò l'interno coscia per divaricare le ginocchia e infilare le spalle tra le mie gambe. Sempre più impaziente, presi a muovermi come una matta contro la sua mano, che carezzava la seta umida delle mutandine. Rotolando su un fianco, infilò le dita sotto l'orlo e le sfilò con una facilità assoluta.

"Ah, dolcezza. Sei tutta per me," mormorò, con un tocco di ruvida soddisfazione nella voce che mi fece surriscaldare.

Passò un dito tra le labbra bagnate e cominciai a sussultare e ansimare. Volevo di più.

"Ne vuoi di più?"

Dovevo averlo detto a voce alta. Infilando due dita grosse nel mio sesso, cominciò a leccare il clitoride e per poco non venni sul colpo. Remy mi faceva impazzire ed era bastata la sua presenza a eccitarmi e portarmi subito al limite.

Santo cielo, aveva una lingua magica. Le carezze languide sul bocciolo erano una vera tortura. Nel frattempo mi fotteva lentamente con le dita, come se avesse tutto il tempo del mondo, spingendomi sempre più vicina all'orlo di quel tanto delizioso precipizio.

Stringevo le lenzuola mentre ansimavo il suo nome, un disco rotto implorante e disperato. Con un'altra spinta profonda, cominciò a succhiare il clitoride tra le labbra. Un'ondata di piacere mi travolse con violenza, lasciandomi senza fiato e con il corpo in gelatina.

Quando si allontanò, mi mancò all'istante il contatto. Aprendo gli occhi, vidi che aveva tirato fuori un preservativo. Per un attimo, mi chiesi se non fosse troppo grosso per me. Remy era un uomo imponente. Probabilmente raggiungeva almeno il metro e ottantacinque, con un fisico tutto muscoli e il membro lungo e grosso.

Senza lasciarmi molto tempo per ammirarlo, si infilò il preservativo e i suoi occhi verdi trovarono i miei, nella luce fioca. "Se vuoi fermarti qui, devi dirmelo adesso," affermò, il tono serio e deciso.

Era da quel primo orgasmo che mi aveva regalato

che continuavo a ripetermi che tra di noi ci sarebbe stato soltanto sesso. Sesso atteso da sin troppo tempo, passionale e delizioso.

Per quanto fosse in parte vero, con Remy sentivo che c'era qualcosa di più, un'elettricità che mi aveva colpito il cuore e mi scuoteva tutta, una corda che vibrava soltanto per lui.

"Non azzardarti a fermarti," pronunciai, senza quasi rendermene conto.

Uno dei suoi soliti sorrisetti sexy gli incurvò le labbra. Con gli occhi fissi nei miei, premette un ginocchio tra le mie cosce e si allungò sopra di me.

Mi resi conto ben presto che Remy non amava correre troppo. Fece scivolare lentamente le mani lungo le cosce, salendo fino ai fianchi per seguire la curva della vita. I palmi ruvidi creavano delle scintille sulla mia pelle, raggiungendo finalmente il seno e carezzando coi pollici i capezzoli turgidi e doloranti.

Poi chinò la testa e stampò dei baci delicati lungo l'osso della clavicola, spostandosi prima sul collo e poi sulle mie labbra. La sua lingua mi invase la bocca e gemetti il suo nome nel bacio.

Quando spinse il bacino contro il mio, l'asta dura scivolò tra le labbra. Ero bagnata di eccitazione e degli umori dell'ultimo orgasmo, tanto che avevo pure le cosce umide.

Nonostante mi avesse appena fatta venire, ne volevo *ancora*.

Fin troppo presto, si separò dal bacio ardente e protestai con un gemito.

"Ti devo vedere, dolcezza," mormorò.

Sentivo le palpebre pesanti, ma mi costrinsi ad aprirle per incrociare il suo sguardo incandescente. Mosse di nuovo i fianchi, scivolando sul clitoride gonfio. Un'ondata di piacere mi travolse, acuta, intensa e tanto dolce.

"Remy," gemetti, la voce rauca e disperata, il suo nome una supplica sulle labbra.

"Sono qui, dolcezza." Spostando leggermente i fianchi, posizionò il membro alla mia apertura e allargai di riflesso le gambe per poterlo accogliere meglio.

Scivolò in me con una lentezza quasi dolorosa, mentre il senso di pienezza mi inebriava. Era talmente bello sentirlo dentro di me che quasi mi mancava il fiato.

Era passato del tempo dalla mia ultima volta, quindi ero molto stretta. E le generose dimensioni di Remy non aiutarono affatto.

Con un respiro profondo, si spinse più in profondità e lanciai un urlo. Tra il senso di pienezza e la pressione sul clitoride, stavo già rischiando di ricadere nell'abisso.

Capitolo Diciassette

REMY

Mi pareva di aver appena varcato i cancelli del paradiso. Con i muscoli caldi, scivolosi e accoglienti di Rachel che mi stringevano come una morsa, mantenere il controllo era un'impresa titanica. Aveva la pelle liscia come la seta, le curve morbide e piene. Avercela sotto di me, nuda e bollente, era assolutamente divino. Non per essere blasfemo, ma era la pura e semplice verità.

Il suo sesso pulsava attorno a me, mentre si dimenava disperata contro il mio corpo. L'azzurro dei suoi occhi si fece più intenso, nella luce fioca della sua stanza. Mi ritrassi lentamente e affondai di nuovo il lei, lasciandomi sfuggire un grugnito quando ansimò, tremando tutta.

Avrei voluto prendermela con calma, assaporare a pieno il momento. Ma non ce l'avrei mai fatta. Era troppo intenso, troppo bello. Mi sentivo come drogato di piacere, drogato di Rachel.

Mi cinse la vita con le gambe, inarcando la schiena contro di me. I capezzoli turgidi e umidi premevano contro il mio petto, ogni punto di contatto una fiammella che mi faceva ardere tutto, avvolgendo il cuore sempre più forte.

"Cazzo, Rachel, è troppo bello," mormorai dopo un'altra spinta, sentendola stringersi con forza per tenermi fermo esattamente dove volevo essere, ovvero dentro di lei.

Sollevò la testa e cominciò a tempestarmi il collo di baci, creando scintille sulla pelle con le labbra. Senza più riuscire a trattenermi, mi sollevai un poco per ritrarmi e affondare di nuovo dentro di lei, che accolse ogni centimetro.

"Remy," ansimò.

Cominciò a creare un ritmo disperato, agitandosi come una disperata contro di me mentre mi spingevo con forza in lei. Era eccitata come non mai, col respiro affannato e le pupille dilatate. Percependo che le mancava davvero poco, cominciai a massaggiarle il clitoride finché non esplose, ansimando il mio nome.

Anche il mio orgasmo era vicino, lo sentivo accumularsi alla base della schiena. E poi, all'improvviso, mi colpì come un fulmine a ciel sereno, con una violenza tale da farmi cedere le braccia. Per non schiacciare Rachel, rotolai di lato e la trascinai con me, senza però spezzare il legame intimo.

Mi posò la testa sulla spalla e il suo respiro delicato mi carezzava la pelle, provocando un solletico piacevole che andò a mescolarsi a tutte le altre sensazioni che mi travolgevano. Il battito del mio cuore si placò lentamente, mentre la stringevo tra le braccia. Non volevo alzarmi. *Mai.*

———

Il mattino seguente, mi svegliai un pizzico disorientato. Quando la nebbia del sonno si dissolse, allungai le braccia verso Rachel perché mi mancava già da morire, ma non la trovai. Rotolai su un fianco e notai la porta del bagno aperta, da cui usciva il rumore di acqua.

Sapevo esattamente dov'era e volevo raggiungerla. Calciai via le coperte e mi avvicinai a passo svelto al bagno. Il vetro della doccia sfocava la sua figura. Bastò quell'assaggio a farmelo venire duro.

Senza esitare, la seguii dentro. Bollicine di sapone le scivolavano sulle curve e la pelle rosea. Mi cadde subito lo sguardo sul sedere delizioso e invitante.

"Buongiorno, dolcezza," mormorai, facendo scivolare le mani sulle sue forme.

Il suo gridolino stupito fece fluire altro sangue all'inguine. La notte prima avevo scoperto che amavo tutti i suoni che produceva. Grida gutturali, delicati sussulti, gemiti soffocati e ordini autoritari quando cominciava a perdere la pazienza. Forse quella era già diventata la mia parte preferita.

"Remy!" esclamò, girandosi tra le mie braccia.

"Oh, perfetto." Feci subito scivolare la mano sulla morbida curva del suo ventre, fino a raggiungere il seno. Era pieno e pesante, e i capezzoli schizzarono subito sull'attenti quando li carezzai coi pollici, che si muovevano agili sul sapone. "Mi sembri sorpresa di vedermi," affermai.

Sollevò la testa con un sorriso timido e un lucci-chio malizioso negli occhi.

"Un pochino," ammise, afferrando tra le dita l'asta dura, più che felice di vederla.

Appena avevo sentito l'acqua della doccia, mi ero messo in mente di raggiungerla e penetrarla di nuovo. Invece, mi stupì prendendo subito in mano le redini della situazione. Spingendomi sul petto, mi bloccò contro le piastrelle fredde e si chinò tra le mie gambe, prendendo il membro in bocca.

"Cazzo. Oh, Rachel." Con un grugnito, le afferrai con forza i capelli bagnati mentre sbattevo l'altra mano sulla parete.

Facendo roteare la lingua alla base del pene, si sollevò lentamente continuando a guardarmi da dietro le ciglia gocciolanti. Leccò per bene la cappella e la visione mi portò quasi all'orgasmo.

Provai a dire qualcosa, ma non mi uscì altro che un grugnito roco. Non sapevo nemmeno da quanto tempo me lo stava succhiando. Percepivo soltanto le sensazioni che mi stava procurando, il calore della sua bocca e la lingua che mi stava facendo impazzire, finché non mi riversai in lei. Spostò dunque la testa e si leccò le labbra, sollevandosi in piedi con un sorriso compiaciuto. A me invece stavano cedendo le gambe, mentre l'acqua calda scendeva sui nostri corpi. Grazie al cielo che c'era la parete a sostenermi.

Per qualche miracolo, riuscii a riprendermi e a ricambiare il favore. Ero praticamente certo che nessun uomo avrebbe mai saputo resistere alla sua dolce fessura rosa, o ai suoni che fece quando affondai le dita in lei e cominciai a stuzzicarla con la lingua. Con quei suoi versi nelle orecchie, sarei morto felice.

Dopo aver sfruttato al meglio la doccia, Rachel mise a fare il caffè e insistette per prepararmi la colazione. La sera prima mi aveva già dimostrato di essere una cuoca eccezionale, ma ero piuttosto certo che i suoi *French toast* fossero i più buoni che avessi mai mangiato in vita mia: leggeri e soffici, con una spolverata di cannella, cardamomo e vaniglia. Con una bella tazza di caffè amaro, mi sentivo assolutamente appagato.

L'unico problema? Era arrivato il momento di separarci. Rachel doveva andare alla clinica e io in caserma. Non dovevo partire fuori città, ma purtroppo non potevo neanche rimanere chiuso in casa con Rachel a spassarmela sotto le lenzuola per ore e ore.

Mi cacciò dalla cucina e rimasi a osservarla mentre caricava la lavastoviglie, il cuore che mi martellava all'impazzata nel petto. Per cercare di distrarmi, guardai l'orologio sopra il piano cottura. Erano le sette e mezza. Dovevo arrivare al lavoro alle otto. Scivolando giù dallo sgabello, mi alzai proprio quando chiuse lo sportello e si voltò.

Con i capelli sciolti, la pelle arrossata dalla doccia e il viso acqua e sapone, era talmente sexy da togliermi il fiato.

"Devo andare," mormorai.

Mi fissò per qualche istante e avrei tanto voluto poterle leggere nella mente. "Anche io."

Fu un miracolo se non le strappai i vestiti di dosso lì in quel preciso istante. Dopo una notte e un risveglio simili, era assurdo che la desiderassi ancora così ardentemente. Però invece era così e non aveva alcun senso negarlo.

Capitolo Diciotto

REMY

Quel pomeriggio, nella sala relax della caserma, mi versai una tazza di caffè caldo e mi sedetti a uno dei tavolini con Jesse e Beck. Anche la nostra caserma, come molte altre, era dotata di una cucina completamente attrezzata che contava diversi tavoli e un soggiorno spazioso con due televisori. Uno veniva utilizzato dagli amanti dei videogiochi, mentre l'altro per guardare film e programmi. Avevamo un ampio divano componibile e diverse poltrone reclinabili. Oltre a una parete in vetro, si trovava la palestra. Un piccolo corridoio portava ad alcune camere da letto, mentre un altro agli uffici.

Conoscevo molto bene i ritmi della vita di un pompiere. Gli hotshot, però, lavoravano principalmente dalla primavera all'autunno. Dovevamo essere sempre pronti a partire senza preavviso, nei posti più disparati. La caserma di Willow Brook ospitava tre squadre di hotshot che, a rotazione, coprivano anche le emergenze della zona.

Oltre a quelle, era presente anche una squadra locale, meno numerosa. Ogni squadra hotshot contava venticinque membri, quindi in paese vi era un grosso contingente di pompieri, ma non tutti si fermavano per tutto l'anno.

Durante i mesi estivi, capitava spesso che due o tutte e tre le squadre venissero spedite in missione. Ci spostavamo soprattutto sul territorio dell'Alaska, ma capitava che alcune emergenze sulla costa occidentale degli Stati Uniti richiedessero il nostro intervento. L'Alaska era immensa, con vastissime distese di vegetazione che ci tenevano occupati per tutta la stagione degli incendi. Le estati sempre più calde avevano peggiorato la situazione sia da noi che negli Stati Uniti. Il diffuso problema dei coleotteri che devastavano le foreste di abete rosso aveva creato acri su acri di combustibile per gli incendi, complicandoci ulteriormente il lavoro.

Bevvi un sorso di caffè, guardando prima Jesse e poi Beck. "Allora, quali sono i programmi per la settimana?"

Beck si strinse nelle spalle. "Stavamo giusto discutendo su quale delle due squadre dovesse restare per le emergenze locali. Ci hanno appena chiamati in missione appena fuori Fairbanks, per mettere in sicurezza una zona che l'anno scorso è stata colpita duramente."

Normalmente, avrei accettato senza la minima esitazione. Amavo il mio lavoro e poter stare a contatto con la natura. Ma quella sera avrei decisamente preferito tornare da Rachel. Però non l'avrei ammesso a voce alta. Non ancora, almeno.

"Quand'è che ci sarebbe da partire?" chiesi.

Con una risata, Jesse guardò Beck e alzò gli occhi al cielo. "La settimana prossima. Direi che meritiamo di restare noi, dato che fino ad ora siamo la squadra che si è mossa di più. Tra un mese si scatenerà l'inferno."

Beck sfoderò un sorrisetto. "Ok, ok. Comunque, stasera ci vediamo al Wildlands?" chiese alzandosi in piedi, per poi finire il caffè.

"Sì, io ci sono," rispose Jesse. "Me l'ha ordinato Charlie. Immagino che verrà con Rachel dopo il lavoro, quindi non possiamo mancare."

Con una risata, Beck si avvicinò alla cucina e lasciò la tazza vuota nella lavastoviglie, prima di dirigersi verso il corridoio che portava all'ingresso. "Esattamente. Anche io ho già ricevuto l'ordine di marcia da Maisie."

Il solo pensiero di rivedere Rachel mi riempì di un senso di trepidazione. "Ci sarò anche io," risposi, sentendo il telefono che mi vibrava in tasca. Lo sfilai e vidi che mi stava chiamando mia sorella. "Scusatemi, devo rispondere."

"Ehi, Shay," esordii, alzandomi dal tavolo.

"Ma ciao, Remy," replicò lei, in tono allegro. "Volevo solo sapere com'è andato l'appuntamento."

Avevo completamente scordato di averla informata della cena con Rachel. La mia mente ritornò a quando ce l'avevo sotto di me, i suoi muscoli stretti attorno al mio membro, gli occhi colmi di desiderio, la pelle arrossata e le labbra gonfie dai baci.

Io e mia sorella eravamo molto uniti, ma mai nella vita le avrei raccontato particolari così intimi. "Bene, Shay, è andato proprio bene," risposi con una risata. Mi spostai sul retro, in una zona più tranquilla.

"Ehi, voglio più informazioni," protestò.

Shay voleva più di qualunque altra cosa che mi innamorassi. Col cuore che mi batteva all'impazzata ogni volta che pensavo a Rachel, cosa che ormai non mi capitava più da secoli, era probabile che la direzione che stava prendendo fosse proprio quella. Ma non ero ancora pronto a rimuginarci troppo sopra, non in quel momento.

"Ascolta, sei mia sorella, non posso dirti di più," ribattei, piattamente.

Shay insistette comunque. "C'è stato dell'altro, oltre alla cena?"

"Santo cielo, Shay! Basta così. Sappi solo che ci rivedremo presto, ok? Ti basta?"

Al suo gridolino, dovetti spostare il telefono dall'orecchio. Dato che c'era la televisione accesa ed erano praticamente tutti occupati, nessuno stava prestando attenzione alla conversazione, ma mi ero rintanato comunque in quell'angolino per un po' di privacy.

"Sì, mi basta," disse infine.

"Forse anche io dovrei cominciare ad assillarti con la tua vita sentimentale," ironizzai.

Quel commento non doveva essere altro che una battuta di spirito, ma percepii comunque tutto il suo dolore attraverso la linea telefonica.

"Ehi, non volevo..." cominciai, ma mi interruppe.

"Lo so, Remy, lo so. Dovrei riuscire almeno a scherzare sulla mia vita sentimentale o, anzi, su quanto sia inesistente. E poi sono la prima a romperti le palle, quindi me la sono andata a cercare. Se proprio vuoi saperlo, pensavo di entrare in convento."

"Cosa?" replicai, assolutamente sconvolto.

Shay scoppiò a ridere. "Ehi, sto cercando di essere realista. Le mie prospettive romantiche sono pessime. Sono volgare come un camionista, amo leggere romanzi rosa, ho un bagaglio emotivo esorbitante e sono piuttosto certa che ormai il buon sesso sia fuori questione." Le sue ultime parole erano cariche di amarezza.

Per un attimo mi ritrovai senza parole, ma mi costrinsi a dire qualcosa. "Ehi, sappi che io appoggerò ogni tua scelta. Della tua vita sessuale non voglio saperne nulla, grazie mille. Ma se vuoi rimanere celibe e farti suora, per me non c'è alcun problema. Mi basta sapere che stai bene."

Mi si strinse il cuore. Mi trovavo sempre in difficoltà quando mi toccava navigare tra le insidiose acque del passato di mia sorella.

"Lo so, Remy," disse dolcemente. "Sto bene, davvero. Per il momento non sto pensando all'amore e credo sia l'opzione migliore. E se preferisci che la smetta di assillarti con la tua vita sentimentale, allora lo farò. È solo che ti considero uno dei pochi bravi ragazzi che conosco e voglio davvero che trovi una donna che ti ami."

"Lo so. Ti terrò aggiornata, d'accordo?"

"Grazie mille. Ti voglio bene, Remy. Ora devo scappare."

"Ti voglio bene anche io, Shay."

Chiusi la telefonata e mi diressi verso il lato della stazione di polizia, con l'intenzione di chiedere a Rex ulteriori informazioni su Bruce. Dovevo assolutamente trovare una maniera per cacciarlo dal paese.

RACHEL

"Dio mio, che stanchezza," disse Charlie, la mano posata sulla lieve curva del ventre mentre affondava sulla sedia accanto alla mia scrivania.

Salvai la cartella su cui stavo lavorando al computer e sloggai dal sistema di registrazione. Voltandomi a guardarla, le rivolsi un sorriso. "Sei assolutamente splendida. La gravidanza ti sta davvero facendo brillare. Fai proprio invidia, sai? Se dovessi mai restare incinta, anche io vorrei essere così bella."

Charlie sospirò e accennò un sorriso. "Lo dici giusto per essere gentile. Sono ancora all'inizio e la pancia si vede appena, però le nausee mattutine mi stanno facendo penare. Soprattutto perché non mi vengono soltanto al mattino." Sospirò profondamente.

Purtroppo era proprio così. Qualche pomeriggio prima, le avevo tenuto personalmente i capelli quando le era venuto un violento attacco di vomito. Però era *davvero* stupenda. La pelle brillava ed era sempre impeccabile anche quando stava poco bene. Con i capelli scuri e quei meravigliosi occhi grigi con un pizzico di violetto, la mia migliore amica era un vero spettacolo.

La sua espressione si incupì. "Scusami se non sapevo che Bruce fosse in paese," disse mestamente.

Come amiche, non avevamo mai paura di andare dritte al punto. Grazie al cielo.

"Ehm, non vedo perché dovresti scusarti. Che assurdità. È stato piuttosto un problema di tempistiche. Rex non era in città e Maisie non era in servizio, quindi la sua presenza è passata inosservata. I loro sostituti non sapevano che mi avesse picchiata a sangue," dissi con una risata amara, mentre lacrime calde mi bruciavano gli occhi.

"Ehi," disse dolcemente Charlie. "Non dire così."

"Non ha senso fingere che la situazione fosse meno grave. Non vedo come potrebbe aiutarmi. Alla fine è proprio così che mi sono cacciata in quel casino."

Con un sorriso mesto, Charlie mi prese la mano e la strinse forte. "Sappi che vorrei abbracciati, ma non mi va di alzarmi."

Mi scappò una risata. "Ti capisco. È stata una giornata bella movimentata. Sicura di voler andare al Wildlands? Tanto non puoi nemmeno bere."

Si strinse nelle spalle. "Non ci vado per bere, ma per stare con gli amici. Anche se sono stanca, dobbiamo andarci comunque. Ci sarà anche Jesse e voglio che ti distragga un po'."

Dopo la storia con Bruce, i miei amici ci erano rimasti male perché non avevano notato subito che avevo cominciato a inventarmi scuse su scuse per non uscire con loro. Ormai Bruce aveva deciso chi potessi vedere o meno, ma in realtà anche io mi ero rinchiusa in me stessa.

Quel giorno Bruce era stato soppiantato nella mia

mente da Remy, per fortuna. Dopo la notte di passione, non sapevo più che diamine pensare.

Charlie doveva aver notato il mio turbamento interiore, perché inclinò la testa di lato e mi guardò con circospezione. "Che c'è?"

Sentii subito le guance in fiamme. "In che senso?" replicai, cercando di sviare.

Un luccichio le entrò negli occhi quando inarcò un sopracciglio. "Non lo so, però so che mi stai nascondendo qualcosa. Sputa il rospo," mi ordinò.

Nonostante tutti i dolori, la nausea e la stanchezza dopo una giornata così intensa di lavoro, Charlie riusciva a essere autoritaria come sempre. La gravidanza non l'aveva cambiata di una virgola.

Era un'ottima amica, tra le migliori che si potessero chiedere. Capiva sempre quando avevo bisogno di rimettere ordine tra le idee, proprio come in quel preciso momento. Sapevo che non potevo nasconderle quello che era successo con Remy e avevo bisogno di parlarne con qualcuno. Presi un bel respiro profondo ed espirai lentamente. Soltanto l'idea che stessi per parlare di lui mi fece battere il cuore a mille.

"D'accordo. Ecco, ehm, ho passato la notte con Remy," confessai, senza girarci intorno. Però forse ero rimasta troppo sul vago.

La notizia la sconvolse così tanto che raddrizzò di scatto la schiena e mi guardò con gli occhi strabuzzati. "Cosa? Mi sono persa qualcosa, per caso? Stai cercando di dirmi che avete fatto sesso?"

Mi morsi il labbro e ridacchiai. "Sì, direi di sì. Non ho mai trovato il momento giusto per parlartene."

"Sì che mi sono persa qualcosa o sì che avete fatto sesso?"

Sospirai, le guance in fiamme. "Sì a entrambe le cose."

"Ok, voglio i dettagli. *Subito.*"

"In realtà non c'è molto da dire. Capiscimi, dai, è un figo assurdo."

Charlie annuì. "Sì, Remy è proprio un figo. Non credo che nessuno si azzarderebbe mai a dire il contrario. Dimmi di più," mi ordinò, agitando una mano per aria.

"Va bene, va bene. Allora, diciamo che due settimane fa l'ho incontrato mentre ero a correre con Henry. Sono caduta nel fango di fronte a lui e... Beh, è stato davvero imbarazzante. Però, cioè, credo sia scattata la scintilla, sai? Poi mi ha invitata fuori a cena e ho accettato. E poi abbiamo pomiciato. Poi è partito ed è tornato. Poi ieri l'ho beccato in caserma dopo l'incidente con Bruce. Ero presa malissimo, ma poi abbiamo cenato a casa mia ed è rimasto a dormire."

Alla fine di quella spiegazione assolutamente caotica, in cui forse avevo infilato un po' troppi "poi", Charlie rimase a bocca aperta e aveva gli occhi grandi come due palle da bowling. "Mi stai dicendo che sei uscita con Remy e non hai pensato di dirmi niente?"

"Già. Però in questi ultimi tre giorni non ci siamo viste," risposi, arricciando il naso perché sapevo che avrei dovuto chiamarla.

Charlie tamburellò le dita sul bracciolo, affondando di nuovo contro lo schienale. Poi premette l'altra mano alla base della schiena, con un sospiro.

"Non puoi prendere qualcosa per il mal di schiena?" le domandai.

Charlie scosse la testa. "Meglio di no. Non è poi così terribile. Stasera mi fa un massaggio Jesse e sono a posto."

"Non è meglio che torni subito a casa, invece di andare al Wildlands?"

"Assolutamente no. Ci voglio andare. Poi lo sai che

il movimento aiuta. E adesso chiedo pure a Jesse se ci sarà anche Remy. Voglio vedere come ti guarda," affermò, prendendo il telefono e cominciando a scrivere.

"Vuoi vedere come mi guarda?" le chiesi, sinceramente curiosa e confusa.

"Proprio così. Sei la mia migliore amica e non voglio che ti vada dietro solo per scoparti."

"Ehi, e se per me non ci fossero problemi se volesse solo scoparti?"

Appena pronunciai quelle parole, il mio cuore fece come una capriola. Non avrei mai potuto dimenticare ciò che avevo provato la notte precedente. Oltre al sesso passionale e delizioso c'era anche dell'altro, un'intimità che ci aveva avvolti come sottilissimi fili di seta.

Charlie non disse nulla. Prese un bel respiro profondo e poi socchiuse gli occhi. "Beh, se lo vuoi anche tu, allora certo che non è un problema. E poi meriti davvero del buon sesso. E qualcosa mi dice che Remy ne è all'altezza."

Sentivo le guance rosso fuoco. "Oh, assolutamente," dissi infine, riuscendo per chissà quale miracolo a mantenere un'espressione impassibile. Quando Charlie mi sorrise, mi scappò una risata.

Un momento dopo, però, il suo sguardo si incupì. "Non lo conosco bene, Remy."

All'improvviso, l'emozione mi strinse la gola e mi veniva da piangere. Ecco uno dei risultati disastrosi di quella relazione di merda in cui mi ero infilata come una stupida. Avevo cominciato a dubitare sempre e comunque di me stessa. E sapevo benissimo che tutti i miei amici continuassero a preoccuparsi per me.

Incrociai il suo sguardo e scossi la testa. "Stai tranquilla. So che Remy è un bravo ragazzo. Però se vuoi chiedi pure a Jesse. È normale che non ti fidi del mio giudizio. Fidati, non lo faccio nemmeno io."

"Oh, no, tesoro, non è affatto quello che intendevo." Quando scossi la testa, sospirò di nuovo. "Dico sul serio. È che non riesco a non preoccuparmi per te. Nessuno di noi è riuscito a vedere subito la vera natura di Bruce, quindi non è stato soltanto un errore tuo. Voglio soltanto che tu sia felice e non sai quanto sono emozionata di questa storia con Remy. Quindi mi dai il permesso di ficcare il naso e chiedere più informazioni a Jessie?" mi chiese dolcemente.

"Certamente. Dopo quello che è successo con Bruce, sono sospettosa di qualunque uomo. Eppure, per qualche motivo, mi fido di Remy."

"Onestamente, il mio istinto mi dice che è un bravo ragazzo. Però conoscerlo meglio non farà male. C'è qualcos'altro che mi hai nascosto?"

Ridacchiai, scuotendo la testa. "No, lo giuro."

"D'accordo, perché devo scappare a fare la pipì. Sto per scoppiare."

"Oddio, non è che te la fai addosso, vero?" le chiesi, balzando in piedi e facendo il giro della scrivania.

Mi misi dunque di fronte a lei e la aiutai ad alzarsi. Charlie scosse la testa. "Tranquilla, non ti rovino la sedia. Se fossi stata così disperata, ti avrei costretta a seguirmi in bagno per raccontarmi tutta la storia. Comunque torno subito, così possiamo andare al Wildlands."

Capitolo Venti

RACHEL

Mi sedetti a uno dei larghi tavoli rotondi del Wildlands, chiedendomi se Remy ci avrebbe davvero raggiunti. Charlie, che aveva già cominciato a indagare sul suo conto, mi aveva informata che Remy aveva detto a Jesse che ci sarebbe stato.

Manco a farlo apposta, apparve proprio in quel momento dal corridoio sul retro. Per pura coincidenza, dov'ero seduta mi avrebbe vista subito. La sua presenza mi fece battere forte il cuore, mentre uno stormo di farfalle mi invase lo stomaco. Da quei sei metri di distanza circa, i suoi occhi catturarono i miei e una scia di alte fiamme ardenti si sprigionò nell'aria.

Con qualche rapida falcata, venne a sedersi al mio fianco. "Ciao, dolcezza," disse, con quel suo accento afrodisiaco.

"Ehi." Nel far scivolare la sedia sotto il tavolo, mi sfiorò la coscia con la mano e mi sfuggì quasi un gemito.

"Ehi, bello," lo salutò Levi, seduto poco distante.

"Ehilà," replicò Remy. Dopo i vari saluti, arrivò la

cameriera. Remy ordinò una birra con hamburger e patatine, poi lanciò un'occhiata al mio bicchiere semivuoto quando la ragazza gli chiese se avesse gradito qualcos'altro. "Ne vuoi un altro, dolcezza? Offro io."

Quella sera i margarita costavano la metà e di solito mi fermavo sempre a un solo drink. Ma Charlie mi aveva già promesso che ci avrebbe pensato lei a riaccompagnarmi a casa, dato che non poteva bere. Vivendo molto vicine, il mattino seguente mi avrebbe anche accompagnata al lavoro, dove avevo lasciato la macchina. Alla fine, dunque, decisi che per una volta potevo ignorare la mia regola.

Quando sollevai lo sguardo su Remy, mi vennero le palpitazioni. Porca miseria. Gli occhi di quell'uomo erano sesso allo stato puro. Quelle fiamme che gli ardevano nel verde intenso mi smuovevano qualcosa dentro, mentre il desiderio cominciò a formarsi dolorante tra le cosce.

"Grazie, prendo un altro margarita."

Con gli occhi fissi nei suoi, mi ero praticamente scordata della cameriera, che spezzò il nostro momento. "Perfetto. Qualcos'altro?"

Remy scosse la testa, senza mai distogliere lo sguardo dal mio. "Com'è andata la tua giornata?" mi chiese, quando la ragazza si rivolse a qualcun altro.

"Molto intensa. Al lavoro mi piace tenermi occupata, perché se mi annoio rimango a fissare l'orologio. La tua?"

"Uguale. Sai, speravo proprio di incontrarti qui."

"Oh?"

Un sorriso gli incurvò l'angolo della bocca e mi si strinse lo stomaco. "Sì. Volevo proprio rivederti, questa sera."

"Questa sera?" ripetei, come un pappagallo.

"Sì, dolcezza. Stasera."

"Qui?"

Per quanto Remy riuscisse a farmi perdere qualche neurone, con lui mi divertivo anche a tirare fuori un lato più insolente e sfacciato.

"Sì, proprio qui. E speravo anche più tardi, nuda," disse schiettamente.

Sentii le guance in fiamme e ringraziai che il locale fosse poco illuminato. "Oh. Molto bene, non vedo perché no."

"Eccellente," rispose, avvolgendo il largo palmo della mano attorno alla mia coscia.

Maledizione. C'era una cosa che avevo imparato, con Remy. Amavo gli uomini con le mani forti. Peccato fossimo in pubblico, perché non riuscivo a smettere di pensare a tutte le cose che avrei voluto fargli fare con quelle sue mani tanto esperte.

Maisie chiamò il mio nome, strappandomi dal momento. "Sì?" le chiesi, voltandomi a guardarla.

"Ti ho chiesto se quest'estate hai intenzione di fare domanda per la licenza di pesca al salmone."

"Oh, certamente. Non mi farei di certo sfuggire l'occasione. Devo solo decidere dove usare la rete. Nel Kenai, nel Kasilof o nel China Poot," le risposi, riferendomi a due fiumi e una piccola baia.

La pesca al salmone con rete era un'attività molto amata dagli abitanti dell'Alaska. Era molto semplice. Si rilasciava una rete nell'acqua per catturare i pesci che nuotavano nella zona. Il salmone dell'Alaska, in tutte le sue varietà, valeva quasi oro, ma la gente del luogo era disposta a pagare la licenza di pesca per catturarne a volontà. Il salmone selvatico delle nostre acque era una prelibatezza per pochi. E io, da vera cittadina dell'Alaska, ero consapevole di essere una privilegiata.

"Peschi con la rete?" mi chiese Remy.

"Oddio, tu non l'hai ancora fatto!" esclamò Maisie. "Oh, Remy, ci devi andare anche tu. È una cosa pazzesca. Quando mi sono trasferita qui pensavo fosse una follia, ma ora credo non sopravviv-erei senza."

Beck passò un braccio sulle spalle di Maisie e si voltò a stamparle un bacio sulla guancia. "Il mio amore è una vera dura. E un altro bonus di avere dei figli è che prendiamo pesci extra per ogni figlio."

"Oh, certo. Mi pare un motivo ben più che valido per avere più figli," commentò Levi, con una risata.

Beck, da padre orgoglioso com'era, si strinse nelle spalle. "Direi che già due ci stanno prosciugando l'anima, ma non mi lamento. Comunque sia, sono ben cinquantacinque salmoni. L'anno scorso, dal Kenai ne abbiamo portato a casa quasi cinquanta chili. Ce n'è rimasto ancora, ma scommetto che in un paio di setti-mane finiamo tutte le scorte."

Remy si voltò a guardarmi, l'aria ancora confusa.

"Praticamente, i residenti possono chiedere una licenza per pescare salmoni nelle acque locali, però con una rete e non con la canna. Ora puoi fare domanda anche tu, però puoi scegliere un luogo solo. Diciamo che tutti hanno le loro opinioni su quali siano i migliori o meno, ma secondo me sono tutti ottimi. È un vero spasso, quindi non puoi farti sfuggire l'occa-sione. Di solito ci organizziamo per andare tutti insieme, dato che trovare parcheggio è un vero inferno."

Beck lanciò un'occhiata a Remy. "Guarda, è un vero campo di battaglia."

"Oh, beh, amo il salmone, quindi molto volentieri. Dove la prendo questa licenza?"

La conversazione proseguì fluida, tra diverse opinioni e consigli per la prima avventura di pesca al salmone di Remy. Quella sera decidemmo di tornare tutti a casa abbastanza presto, soprattutto perché Charlie aveva l'aria esausta. Durante la serata mi aveva lanciato qualche scaltra occhiata d'intesa, che avevo rigorosamente ignorato.

Con la mano calda di Remy sulla coscia e le dita che carezzavano di tanto in tanto la pelle, per l'ora di andarcene mi sentivo già tutta un fuoco.

Mentre il gruppo lasciava gradualmente il locale, Charlie si girò a guardarmi. "Ti serve ancora, quel passaggio?"

Remy, carezzandomi la schiena, rispose al posto mio. "La accompagno io, non preoccuparti."

Prima che potessi dire qualcosa, Charlie gli rispose. "Ottimo. Allora ci vediamo domani. Passo a prenderti per il lavoro, ok?"

"Sicuro non ci siano problemi?" chiesi a Remy, sollevando la testa. Il calore che gli divampava negli occhi mi mozzò quasi il fiato.

"Assolutamente no."

Santo cielo, quell'uomo sarebbe riuscito a farmi eccitare anche solo parlando del tempo. Si era semplicemente offerto di accompagnarmi a casa, ma un vortice di desiderio aveva cominciato a vorticarmi dentro.

Con la sua mano calda sulla schiena e le dita che stuzzicavano la curva del sedere, uscimmo insieme dal ristorante. Il mio cuore martellava con forza contro le costole, tanto che non sentivo quasi altro rumore.

Quando uscimmo nel parcheggio, si chiuse la porta alle spalle e la quiete serale ci avvolse. Presi una bella boccata d'aria, costringendo il mio corpo a darsi una regolata.

Però, non mi diede retta. Pareva concentrato interamente su Remy e stava escogitando un modo per farsi penetrare da lui il prima possibile.

I fanali posteriori dell'auto di Charlie brillavano nell'oscurità mentre usciva dal parcheggio. Una coppia ci passò accanto per entrare al Wildlands, riportando alle nostre orecchie per qualche secondo il vociare animato. Remy abbassò lo sguardo e mi prese per mano. Con la sua forte e calda avvolta sopra la mia, lo seguii verso il pick-up.

Le luci del resort tremolavano sulla superficie del lago di Swan, oltre il parcheggio. Un corvo lanciò un grido acuto nell'oscurità, mentre il battito delle ali ci passò sopra le teste.

Nel frattempo, mi mancava l'aria e avevo il cuore a mille.

Remy, come al solito, si comportò da vero gentiluomo. Aprì la portiera per farmi entrare e la richiuse soltanto dopo essersi assicurato che avessi messo la cintura. Era proprio nella sua natura. Poiché anche Bruce, all'inizio, si era comportato nella stessa maniera, mi ero convinta che quel tipo di atteggiamento avrebbe spento qualunque interesse per un uomo.

Ma non con Remy, affatto. Quel suo senso di forza e protettività era talmente avvolgente che mi ci volevo rannicchiare dentro. Lui non faceva mai nulla tanto per mettersi in mostra. Eppure, era allo stesso tempo l'uomo più maschio e virile che avessi mai conosciuto.

Quando ci fermammo nel mio vialetto, stavo già fremendo dalla testa ai piedi. Desiderio liquido mi scorreva nelle vene. Mi aveva accompagnata a casa tenendo una mano sul volante e l'altra posata placidamente sulla mia coscia. Magari voleva semplicemente farmi impazzire.

Il suo tocco era come un marchio infuocato. Le

occasionali e distratte carezze del pollice sulla pelle, giusto sulla giuntura dell'anca, avevano risvegliato tutti i miei istinti primordiali. Avevo le mutandine fradicie e il battito del cuore frenetico. Nello stesso momento, uno stormo di farfalle mi svolazzava nello stomaco, mentre tremavo per l'anticipazione.

Capitolo Ventuno

REMY

Non so come, ma ero riuscito a comportarmi civilmente. E il che è tutto dire, dato che la tentazione di fottere Rachel lì nel mio pick-up, di fronte a casa sua, era quasi soffocante. Quella sera, ero in fiamme da quando le avevo posato gli occhi addosso.

L'abbaio di Henry mi strappò da quelle fantasie. Molto probabilmente aveva bisogno di uscire. E dunque, per il suo bene, mi trattenni dal prendere Rachel in braccio e affondare dentro di lei. Al secondo abbaio, lei distolse lo sguardo incandescente dal mio per voltarsi verso la porta.

L'aria nell'abitacolo era elettrica, come poco prima di un temporale. Pesante e carica di tuoni e fulmini che crepitavano soltanto tra di noi. Avevamo praticamente creato una perturbazione tutta nostra.

Col desiderio che mi percuoteva tutto, scesi dall'auto e andai ad aprirle la portiera, poi salimmo alla porta e mi offrii persino di portare Henry a passeggio. Meritavo proprio una bella medaglia per la mia infinita pazienza. Rachel rimase davanti a me, al calar delle tenebre. Le giornate avevano cominciato ad allungarsi e avevo scoperto che, in Alaska, il crepuscolo poteva durare anche ore.

"Sono tornata per pranzo e l'ho fatto uscire. Lo faccio praticamente tutti i giorni. Quando non abbiamo un gran giro di pazienti, lo porto perfino con me alla clinica," mi spiegò, lanciando la palla a Henry, che si fiondò verso la breve discesa dietro la casa.

Con gli occhi in quelli di Rachel, le sorrisi. "Il riporto è il gioco migliore per farlo stancare."

Un attimo dopo, Henry tornò da noi e lasciò la pallina da tennis ai miei piedi. La raccolsi e la lanciai piuttosto lontano, seguendolo con lo sguardo mentre correva scodinzolando tra gli alberi.

"Esatto," rispose allora Rachel. "Un altro po' di tiri e poi possiamo portarlo dentro, così crolla subito. Al mattino mi piace uscire a correre insieme. Così lo faccio stancare e spero che passi la giornata a dormire in casa, mentre io sono al lavoro." Henry tornò con la palla e la lanciai di nuovo.

Qualche minuto dopo, quando ci voltammo per entrare in casa, mi aggiustai il pacco. Ormai ce l'avevo duro da ore, tutta colpa di Rachel. Mi chiesi se riuscisse anche solo a immaginarselo quanto la desiderassi disperatamente.

Dentro casa, Henry si scolò la ciotola dell'acqua e poi si lanciò sulla sua poltrona preferita per dormire. Io e Rachel, invece, eravamo accanto al bancone della cucina. Con un movimento fluido, la presi per mano e l'attirai a me, lasciandomi sfuggire un grugnito quando il suo corpo morbido si scontrò col mio.

Non c'era più tempo per le buone maniere, quindi andai dritto al punto. "Ho bisogno di te," mormorai, portando le labbra sulle sue, tanto morbide. Un attimo dopo, invasi con la lingua la bocca calda e dolce.

Con un sospiro deliziato, si premette a me e fece

scivolare una mano sul mio petto, portando l'altra dietro la nuca. Il bacio divenne subito frenetico. Era come se ci fossimo gettati in un rogo ardente, tra l'intreccio di lingue, sussulti e gemiti.

Avevo bisogno di gustarla, di farla mia. Imprecando sottovoce, mi staccai dalla sua bocca e presi una boccata d'aria. Henry cominciò a fare qualche versetto, nel sonno, e il martellio della coda contro la poltrona mi riportò alla realtà.

"Letto. Subito."

"Sì, ti prego," replicò lei con una risatina, mordicchiandomi il collo. Dal punto di contatto esplose una scarica di calore che mi attraversò il corpo.

La presi in braccio e mi sfuggì un grugnito quando mi cinse la vita con le gambe, cominciando a strofinarsi sull'erezione.

"Maledizione, dolcezza, così mi uccidi."

Sentivo il delizioso calore tra le sue cosce attraverso i miei jeans e i suoi pantaloni di cotone. Quella sera era ancora vestita per il lavoro. Un outfit estremamente pratico, senza nulla di particolarmente sexy. Ma per me, lo era comunque.

Aprendo con la spalla la porta della sua camera, la richiusi con un calcio e lasciai andare Rachel. I nostri vestiti formarono ben presto una montagnetta sul pavimento. Ormai avevo staccato completamente il cervello. L'unico pensiero fisso che rimbombava a ripetizione nella mente era *di più, di più, di più*.

Fu un susseguirsi di sensazioni, di emozioni. In qualche modo, mi ritrovai con la schiena sul suo materasso, con Rachel a cavalcioni sopra il mio corpo. Il suo sesso eccitato scivolava sopra il membro dolorante, mentre si strofinava con forza su di me. Gli occhi azzurri brillavano nella stanza poco illuminata, i capezzoli rosei erano ancora umidi dalle mie attenzioni.

Affondai le dita nei suoi fianchi generosi. Con un movimento fluido, scivolò indietro e carezzò l'asta dura con la lingua, arrivando alla capella e leccando via una gocciolina di eccitazione.

"Dolcezza, ho bisogno di penetrarti. Ora," le ordinai.

Rachel si sollevò con un sorrisetto sulle labbra e mi guardo. "Wow, stasera sei proprio un comandino," ironizzò.

Ormai non ragionavo più. Afferrai nel pugno il membro e la sollevai per affondare in lei, rendendomi conto soltanto in quel momento che non avevo messo il preservativo.

"Merda," mormorai, rotolando di lato per cercare i jeans.

Tuttavia, Rachel mi strinse tra le ginocchia. Era forte, abbastanza forte da fermarmi. "Dove diamine te ne vai?" Un lampo le attraversò gli occhi.

"Il preservativo."

Sbarrò gli occhi, sicuramente perché anche lei se l'era scordato. Rimase come paralizzata, prima di spezzare il silenzio. "Prendo la pillola. Non so..." Si fermò quando inspirai violentemente.

Cominciò a mettersi in posizione, ma la afferrai di nuovo per la coscia. "Ne sei sicura?" le chiesi.

"Che prendo la pillola?" ribatté, con una risata incredula. "Certo che sono sicura. E non ho nulla. Sono un assistente medico, quindi faccio sempre tutti i test. E poi non faccio sesso da un anno. Beh, senza contare te."

Non avevo mai fatto sesso senza preservativo, ma mi fidavo comunque di Rachel.

"Non chiedevo perché dubito di te," le dissi,

spostandole i capelli arruffati dalla guancia. "Non ho mai fatto sesso senza preservativo, quindi anche io sono pulito. Però la scelta spetta a te, non me. Per questo volevo sapere se fossi sicura."

Restammo a fissarci a lungo e mi si strinse il cuore. Ancora non ero riuscito a identificare cosa c'era tra me e Rachel. Oh, certo, il desiderio selvaggio che provavo per lei trascendeva di gran lunga qualunque cosa avessi mai sentito per una donna. Ma c'era anche dell'altro, molto, molto di più.

Un lampo le attraversò gli occhi e si abbassò di nuovo su di me, scivolando sull'erezione dolorante prima di sollevarsi appena. Per quanto avrei voluto assumere io il controllo, lasciare a lei le redini era troppo sexy.

Portò una mano tra le cosce e spostò la cappella sulla sua apertura, restando ferma immobile, portandomi praticamente subito al limite. Sentivo i suoi umori caldi e dolci che mi baciavano il membro. Ma volevo di più.

Lentamente, si abbassò e prese dentro di sé ogni centimetro, fino ai testicoli. Nel frattempo la osservavo tra le ciglia, le palpebre pesanti. Si fermò e incrociò il mio sguardo.

Senza più riuscire a resistere al suo sapore, mi sollevai e presi un capezzolo tra le labbra e succhiai con forza, leccandolo un po' prima di morderlo e lasciarlo in pace.

L'urlo acuto di Rachel mi eccitò ancora di più. Cominciò a muoversi sopra di me, accogliendomi nel suo sesso caldo e scivoloso ancora e ancora e ancora. Reggendosi con le mani sul mio petto, affondò le unghie nella pelle. A un certo punto, se ne portò una tra le cosce e cominciò a massaggiarsi il clitoride luccicante, mentre affondavo in lei. La visione erotica mi fece perdere la testa.

"Che sexy, cazzo," grugnii, stringendo la sua pelle morbida.

I muscoli della sua femminilità presero a pulsare e poi si strinsero attorno a me come una morsa quando l'orgasmo la travolse. Inarcando violentemente la schiena, Rachel gridò il mio nome e si abbandonò al godimento.

Un istante dopo, sentii crescere la pressione nei testicoli e alla base della spina dorsale. Una scossa elettrica mi pervase, violenta come un fulmine. Con il suo sesso caldo, stretto e bagnato attorno al pene, esplosi e mi riversai in lei.

Si gettò su di me con un dolce sospiro e posò la testa nella curva del collo. La presi tra le braccia e la strinsi forte. I fremiti della sua femminilità mi regalavano altri spasmi di piacere.

Chiusi gli occhi e inspirai a pieni polmoni, godendomi il momento. Dopo qualche minuto, Rachel mi tempestò il collo di baci delicati e si sollevò su un gomito, poggiando il mento alla mano.

L'intensità dell'orgasmo mi rendeva quasi impossibile aprire gli occhi, ma mi costrinsi a farlo comunque. Non sapevo come interpretare ciò che lessi nei suoi, ma il mio cuore si strinse come una morsa. Sollevai la mano e le spostai i capelli umidi dalla fronte. Eravamo entrambi esausti. Beh, diamine, pareva avessimo appena corso una vera e propria maratona.

Con un sorriso dolce, mi chiese, "Resti a dormire?"

Capitolo Ventidue

RACHEL

Se mi vuoi.

Le parole di Remy riecheggiarono nella mia mente qualche giorno dopo. Come se avessi mai potuto dirgli di no. Dormire con Remy era un'esperienza divina. Mi teneva nel suo caldo e forte abbraccio tutta la notte. Lo sapevo perché da quel giorno aveva passato tutte le notti da me, e una vocina nella mia testa aveva cominciato a chiedersi se non fossi impazzita.

Si dice che quando ci si innamora lo si capisce subito. Passiamo la vita a leggere le favole, con la convinzione che a noi non succederà mai nulla di simile. Sì, parlo di quelle sciocche storielle che ti dicono che te ne rendi conto subito quando trovi la persona giusta.

Quando Remy si era trasferito a Willow Brook, mai avrei potuto immaginarmi che fosse proprio lui *quello giusto*. Ma in fondo, l'avevo conosciuto solo pochi mesi dopo il disastro con Bruce. Le cicatrici fisiche erano scomparse, ma non quelli emotive. Troppo profonde, ogni tanto tornavano ancora a far male, persino dopo più di un anno.

Avevo smesso di credere che nel mondo esistesse l'uomo giusto per me. Ero praticamente convinta che nessuna donna avrebbe mai potuto negare il fascino di Remy. Emanava una presenza possente e intensa, che senz'altro tutti potevano percepire.

Ma eravamo riusciti a creare una bolla di intimità tutta nostra. Probabilmente avevo finalmente trovato la mia metà, perché condividevamo un qualcosa che ero certa fosse unico. Troppo raro, troppo speciale perché potessi mai sentire la stessa cosa con un altro uomo.

Dopo quell'esperienza traumatica con Bruce, pensavo non sarei più stata in grado di fidarmi tanto ciecamente di qualcuno. E invece, con Remy c'ero riuscita. Non aveva alcun senso, perché in realtà non ci conoscevamo neanche da chissà quanto tempo.

Con lui mi sentivo completamente e totalmente al sicuro. Così tanto al sicuro che, quando nell'intimità tirava fuori un lato un po' più autoritario, mi piaceva da impazzire. Soltanto il pensiero mi fece arrossire. La sera prima, quando con uno sculaccione mi aveva ordinato di piegarmi sul bancone della cucina per realizzare una delle sue fantasie, non avevo esitato neanche un secondo. Mi ero sfilata maglietta e jeans, e poi mi ero messa a novanta per lui.

Si era liberato subito delle mutandine fradicie per affondare in me e fottermi fino allo sfinimento. Troppo debole e appagata per muovermi, mi ero fatta trasportare a letto.

Era già giovedì, quindi il weekend era vicino. Avevo intenzione di passarlo tutto quanto con Remy. A complicare, o migliorare, le cose, c'era il fatto che tra di noi non c'era soltanto sesso. Certo, era ultra-incredibile, ma c'era anche molto di più.

Era un po' tutto l'insieme: Henry lo adorava, Remy

non faceva mai supposizioni su di me o ciò che avrei potuto volere, nell'intimità sapeva essere molto autoritario e tirava fuori il suo lato da vero uomo alfa, la sua presenza era come acciaio ricoperto di velluto, sapevo che non mi avrebbe mai fatto del male e che mi rispettava profondamente.

Prima di Bruce, non avevo mai perso la testa per nessun uomo. Ma ripensandoci, neanche lui c'era riuscito. Diciamo che all'inizio ero caduta nel suo fascino. In seguito, in solo un mese di relazione, mi aveva scombussolata e turbata emotivamente.

Avevo dunque confuso quell'intensità e quelle sensazioni tanto forti con l'amore. Perché ero terrorizzata e non avevo idea di come riconoscerlo. Lentamente, mi ero gettata in una relazione disastrosa e distruttiva.

Anche con Remy ero terrorizzata, ma per ragioni assolutamente diverse. La mia unica angoscia era che potesse spezzarmi il cuore. Dopo essermi gettata a capofitto in quel rapporto tanto carico di emozioni e desiderio intenso, mi sentivo assolutamente nuda e vulnerabile. Quell'equilibrio interiore che ero riuscita a creare stava cominciando a vacillare in modo pericoloso.

Non sapevo neanche cosa provasse per me Remy. Ero sicura che anche lui percepisse quella forte chimica che ci univa e che mi desiderasse tanto quanto io desideravo lui, però non avevo idea di cosa significasse per lui.

Qualcuno bussò alla porta del mio ufficio e, quando sollevai la testa, vidi Charlie che entrava. Scivolò sulla sedia di fronte alla scrivania e mi lanciò un sorrisetto furbo.

"Dunque, chi è Gavin Remy?" mi chiese.

"Eh?"

"Ma sì, l'ultimo bambino che ho visitato. Hai presente? Quello adorabile che non ha l'incisivo? Che si è rotto l'alluce sulle scale?"

"Ah, sì, Gavin Stanton," dissi lentamente, facendo roteare la sedia e aprendo di nuovo il portatile. "Ho appena inserito i suoi dati nel..." Mi bloccai quando mi resi conto che in realtà avevo proprio scritto Gavin Remy.

Non tentai neanche di nascondere il rossore che mi tinse le guance. "E va bene, ho sbagliato il nome. Lo modifico subito," le dissi, correggendo il nome prima di premere invio.

Charlie mi rivolse un malizioso sorrisetto d'intesa. "Allora, come va con Remy?"

Le sorrisi, perché non avevo proprio nulla da nasconderle. "Tutto benissimo. Non so ancora cosa ci sia di preciso, ma sto provando a seguire il tuo consiglio," le risposi, riferendomi a una nostra precedente conversazione. "Sto provando a vivermi il momento."

"Immagino che questo *momento*," disse, aggiungendo le virgolette con le dita, "sia bello lungo, dato che Remy sta dormendo ogni notte da te. Ehi, non sono mica una ficcanaso, lo sai, ma per venire al lavoro passo sempre davanti a casa tua ed è da tre giorni che vedo il suo pick-up parcheggiato fuori. Sappi che ho fatto le mie ricerche e posso assicurarti che Remy è davvero un bravo ragazzo. Purtroppo i suoi genitori non ci sono più, ma è ancora molto legato a sua sorella. Jesse mi ha detto che si sentono spessissimo al telefono. I ragazzi lo adorano e ho scoperto che potrebbe diventare presto il leader della squadra. Sempre che decida di restare. Ho perfino chiesto a Rex di indagare un po' nel suo passato. Non l'ha presa benissimo e mi ha detto di smetterla di ficcare il naso. Mi ha fatto dunque notare che per ottenere il lavoro ha dovuto superare un controllo delle referenze. Jesse mi ha anche detto che da quando si è trasferito a Willow Brook non ha frequentato nessuna donna. Dunque, per quanto mi riguarda, devi innamorarti di lui e sposartelo. Fareste dei bambini splendidi."

Per poco non sputai il caffè che avevo in bocca. Con una risata, Charlie si strinse nelle spalle. "Scusami, forse sto correndo un po' troppo. Però non puoi mica biasimarmi. Sto già pensando ai bambini perché il mio lo sento anche troppo."

Presi dei tovaglioli dal cassetto e pulii le macchie di caffè dalla scrivania, scuotendo la testa. "Questa volta ti perdono, però sì, stai decisamente correndo troppo."

"Beh, voglio che trovi un brav'uomo. E poi Remy ti mangia con gli occhi ed è troppo bono."

La conversazione venne interrotta quando qualcun altro bussò e aprì la porta. Mi voltai e vidi Emily.

"Ehi!" annunciò, entrando in ufficio.

Charlie si voltò a guardarla con un sorriso enorme. "Ciao! È la mia immaginazione, o sei arrivata prima del previsto?"

Em si sedette accanto a Charlie e sollevò le ginocchia, poggiandoci sopra il mento. "No, non te lo sei immaginata. Ho finito i test prima e ho passato tutto," rispose, con un sorriso timido.

Balzai in piedi e feci il giro della scrivania per abbracciarla. "Evviva! Questo è da parte mia e di Charlie, visto che è sicuramente troppo stanca per alzarsi," commentai, stringendola forte.

Gli ultimi anni non erano stati semplici, per Em. Tra la morte di sua madre e di suo nonno, un padre assente e il trasloco dall'altra parte del Paese, aveva giustamente avuto qualche difficoltà ad adattarsi alla sua nuova vita. In quel periodo, gli esami l'avevano fatta dannare e preoccupare molto, cosa che aveva confidato sia a me che a Charlie. Era una ragazzina molto intelligente e sapevamo che se la sarebbe cavata benissimo, se non si fosse fatta prendere troppo dall'ansia.

Quando la lasciai andare, notai che aveva gli occhi lucidi per le lacrime. Trattenni un commento sarcastico. Con un'amica magari l'avrei detto comunque, ma vederla esprimere un'emozione così forte davanti a noi era un momento troppo importante che non volevo rovinare.

Charlie si alzò e la abbracciò, con un sorriso. "Pensala pure come vuoi, ma un abbraccio ti tocca comunque."

Quando tornammo tutte e tre a sederci, Em ci guardò. Posando i suoi occhi grigi, così simili a quelli di Charlie, su di me, commentò, "Ok, ora è il tuo turno."

"Il mio turno?" replicai.

"Esatto. Charlie non mi ha detto nulla, tranquilla, ma non sono mica cieca. Lo so che Remy sta venendo spesso da te. Lo so perché conosco il suo pick-up e l'ho visto davanti a casa tua," affermò, con un sorrisetto furbo.

Charlie scoppiò a ridere. "Oh, santo cielo, agli adolescenti non si può nascondere proprio nulla."

Sentivo le guance in fiamme. Mamma mia, non avevo neanche mai fatto il collegamento. Era ovvio che Em conoscesse i veicoli di tutti i ragazzi della caserma, lavorando lì con loro.

Scossi la testa, con un sospiro. "Direi che non ha senso nascondertelo. Beh, diciamo che ci stiamo frequentando," confessai, senza sapere in che altro modo spiegare a una sedicenne che avevamo passato tre notti di sesso selvaggio.

Em non era del tutto ignara del mio passato con

Bruce. Non perché avessi deciso di raccontarglielo, ma piuttosto perché Charlie riteneva più opportuno non tenerla completamente all'oscuro. Vivendo nella stessa strada e passando ogni giorno davanti a casa mia, tenevano sempre d'occhio la zona per assicurarsi che non si facesse vivo. Inoltre, Charlie era venuta a trovarmi all'ospedale. Non era che volessi mentirle o nasconderle il fatto, ma l'imbarazzo era stato troppo forte.

E poi, in fin dei conti, l'arresto di Bruce era finito sul giornale locale. In un modo o nell'altro, l'avrebbe scoperto da sola. Con la mia rassegnata autorizzazione, Charlie l'aveva portata a trovarmi all'ospedale. Dolce com'era, continuava a preoccuparsi tantissimo per me e, per quanto mi dispiacesse, non potevo farci niente.

Da quel momento, non mi aveva più fatto domande sugli uomini. Però sicuramente alcune domande se le faceva comunque, essendo la classica ragazzina curiosa e ficcanaso.

Abbassò le gambe e colpì leggermente la scrivania con gli stivali, al che inclinò la testa di lato. "Remy mi piace," annunciò, con convinzione.

"Davvero?" le chiesi, senza riuscire a trattenere un sorriso.

Charlie annuì vigorosamente. "Me l'ha detto proprio ieri sera. Sai, Em crede sia l'uomo perfetto per te."

Emily ridacchiò. "Ed è vero. È un bravissimo ragazzo. La settimana scorsa mi ha insegnato come sostituire i cuscinetti ruota. È molto paziente e sa praticamente tutto. Non è affatto uno di quegli uomini viscidi, per nulla. E non penso che in quest'ultimo anno sia uscito con qualcuno. Altrimenti, dev'essere davvero bravo a mantenere un profilo basso," mi spiegò, sbarrando gli occhi.

Io e Charlie scoppiammo a ridere. Quando riuscii a

calmarmi, incrociai lo sguardo di Em. "Beh, mi fa piacere che ti piaccia. Piace molto anche a me."

Il suo sorriso si spense come si morse l'interno della guancia. "Beh, lo spero proprio. Perché se passa tutte le notti da te, immagino facciate sesso. Voi due mi avete fatto una bella ramanzina sul sesso. Bisogna farlo solo con qualcuno che ci piace. Bisogna farlo sono quando ci si sente a proprio agio. Non bisogna farlo se l'altra persona ci mette pressione. Sempre e comunque, bisogna farlo alle proprie condizioni."

Charlie rimase a bocca aperta e si voltò a guardarla. "Wow, quindi ogni tanto ascolti davvero."

Em annuì fermamente. "Ma certo. Non faccio sempre quello che mi dici tu, però stai tranquilla, sono ancora vergine," commentò con un enorme sospiro. Al che, Charlie rise di nuovo.

"Grazie al cielo!" esclamai.

Emily alzò gli occhi al cielo, con un'alzata di spalle. "Comunque sia, dopo tutto quello che hai dovuto passare, ti meriti un uomo come Remy."

Charlie mi guardò e mi fece l'occhiolino. "Ecco, proprio quello che ti ho detto io."

Capitolo Ventitré

RACHEL

La sera seguente, dopo quattro giorni passati con Remy, mi toccò stare da sola. Lanciai la pallina a Henry, che si fiondò a inseguirla. Remy mi mancava già da morire.

Ma non trovi che sia ridicolo? Avete appena iniziato a frequentarvi e non sai neanche se ricambia anche solo minimamente i tuoi sentimenti.

Scossi via quei pensieri. Quella vocina fastidiosa si era allenata molto, dopo che Bruce era finalmente uscito dalla mia vita lasciandosi dietro un disastro totale, erodendo la mia fiducia in me stessa e distruggendo la mia autostima.

Mi toccava stare da sola perché Remy aveva seguito la sua squadra a Fairbanks. Da quello che avevo capito, si trattava di un addestramento congiunto con altre squadre hotshot per i nuovi membri, che li avrebbe portati in alcune zone selvagge più a rischio di incendi.

Non mi stava ignorando o evitando. Anzi, quel mattino se n'era andato soltanto dopo che un bacio appassionato si era trasformato in una sveltina sul bancone della cucina.

Henry tornò di corsa da me e lasciò la palla ai miei piedi. Dopo un altro lancio, abbaiò con forza e si fermò accanto a me, col pelo ritto. Stava fissando intensamente la zona davanti a casa.

Mi si rizzarono all'istante i peli della nuca e mi si strinse lo stomaco, facendomi venire un senso di nausea. Senza che ci fosse bisogno di vederlo, sapevo che c'era Bruce.

Sfilai subito il telefono di tasca. Avrei preferito non dovermi girare, ma sapevo di doverlo fare. Henry rimase al mio fianco. Mi veniva da piangere perché perfino il mio cane era più coraggioso di me.

Quando trovai la forza di voltarmi, notai subito il pick-up di Bruce. Non l'avevo riconosciuto prima perché non era lo stesso veicolo che guidava prima di andare in prigione, quando aveva un vecchio pick-up ammaccato. In quel momento era seduto in un SUV nero con i finestrini oscurati. Lo detestavo.

Chiamai il 911 e mi portai il telefono all'orecchio, restando ferma dov'ero. Non gli avrei dato la soddisfazione di avvicinarmi per cacciarlo. Bruce era fatto così. Amava manipolare ogni situazione come piaceva a lui. Sicuramente avrebbe avuto la faccia tosta di dire che non gli avevo neanche chiesto di andarsene.

Mandando giù il groppo alla gola, ignorai quel terrore che mi faceva martellare il cuore, toccando tutte quelle ferite che ancora non si erano marginate completamente.

Rispose la voce familiare di Maisie. "911, come posso aiutarla?"

Feci un bel respiro profondo, senza riuscire a dire nulla. Maisie continuò prima ancora che potessi sforzarmi a dirle qualcosa. "Ehi, Rachel, non farti prendere dal panico. Ho visto qui che sei tu. Bruce è venuto lì, per caso?" mi chiese, il tono pacato e rassicurante.

Con gli occhi puntati sul SUV, trovai finalmente la forza di risponderle. "Sì, ha parcheggiato davanti al mio vialetto, bloccando la strada."

"Immagino tu sia sola, dato che Remy è a Fairbanks con la sua squadra. Vero?"

"Esatto. Certo che qui le voci girano in fretta, eh?" provai a buttarla sul ridere, ma mi veniva da piangere.

"Rex è già per strada con i rinforzi," affermò, la voce calma, ignorando la mia battuta fallimentare. "Resto in linea con te finché non arrivano, d'accordo?"

"Tranquilla, non metto giù. Non credo che Bruce voglia scendere dall'auto. Sta facendo uno dei suoi soliti giochini di merda per costringermi ad avvicinarmi e cacciarlo. Per lui è sempre tutto un gioco," replicai, aspramente.

"Immagino. Però va tutto bene. Rex sarà lì in meno di un minuto. Henry dov'è?"

Mi chinai appena per carezzargli la schiena. "Qui accanto a me. Non è affatto contento. Bruce non l'ha nemmeno mai incontrato, ma perfino da lontano capisce che è una persona di merda."

"Rex mi ha detto di dirti che non ha le sirene. Non vuole avvisare Bruce e rischiare che fugga via. È una chiara violazione dell'ordine restrittivo, quindi vuole vederlo lì con i suoi occhi."

"Ottimo piano. Come diamine fai a sapere tutte queste cose?"

"Abbiamo una specie di chat dove scrivo tutto quanto. E quando hai chiamato era già in quella zona."

"Oh, ok. Beh, come va?" le chiesi, cercando di fare conversazione per non rimanere al telefono in silenzio, reggendolo con forza come se potesse salvarmi.

"Tutto bene. E starò ancora meglio quando Rex sarà lì da te."

"È qui," le confermai, vedendo la volante che girava sulla mia via.

"Resta in linea finché non scende dall'auto, ok?" mi chiese Maisie.

"Ma lo sai che per essere una centralinista sei molto autoritaria?" le dissi scherzando. La presenza di Rex mi procurò un sollievo immenso. Ero così contenta di non essere più sola che non sapevo neanche se piangere o scoppiare a ridere fino a rimanere senza fiato.

Rex parcheggiò dietro Bruce e scese dall'auto, salutandomi con la mano. In mezzo secondo, quello stronzo se la diede a gambe, sollevando la ghiaia sotto le ruote. Il fatto che Rex fosse sceso dall'auto mi stupì, ma la sorpresa durò ben poco perché un'altra volante schizzò dietro al SUV.

Era strano che Bruce fosse rimasto così a lungo nel vialetto, pur vedendo benissimo che ero al telefono. Ma in fondo, quell'uomo era tanto subdolo quanto stupido. Coglieva sempre qualunque occasione per fare sfoggio di potere, ignorando completamente le possibili conseguenze.

Raggiunsi il giardino, andando incontro a Rex. Henry gli girò tra i piedi, scodinzolando come un matto.

Rex lo accarezzò sulla testa per salutarlo. "Vado a seguire il mio agente. Ce n'è un altro alla fine della strada, quindi ti assicuro che Bruce non la farà franca. Stai bene?"

Annuii a scatti e feci un respiro profondo, non riuscendo a tirare su molta aria. "Non è successo nulla, ha soltanto parcheggiato in fondo al vialetto. Non so cos'abbia in mente, sinceramente. Pensavo avesse un'altra."

"Vive ancora con la sua nuova fidanzata," confermò Rex. "Lo sto tenendo d'occhio. Ma gli uomini come lui odiano quando una donna li lascia definitivamente. Ho già chiamato il procuratore. Sta formalizzando le accuse per violazione dell'ordine restrittivo. Sarà una bazzecola, dato che l'ho visto con i miei occhi."

Rex fece una pausa e spostò lo sguardo prima sulla casa, poi su Henry e poi di nuovo su di me. "Se Remy fosse stato in città, ti avrei detto di passare la notte con lui. Nonostante la denuncia, è molto probabile che Bruce riesca a uscire questa sera stessa su cauzione."

Annuii. "Ho una cena con Charlie, quindi sarò con lei."

Capitolo Ventiquattro

REMY

L'aereo ruotò appena e puntai lo sguardo sul Denali, che in lontananza vegliava su tutto il panorama. La neve sui pendii diminuiva di giorno in giorno, sciolta dalle temperature più calde, mentre sulla cima sarebbe rimasta per tutto l'anno.

Ricordai il mio primo viaggio con la squadra, l'autunno precedente. Il paesaggio selvaggio dell'Alaska era mozzafiato, chilometri su chilometri di meraviglia incontaminata. Creste e picchi montuosi, laghi e fiumi, distese di foreste e, sulla zona costiera, ghiacciai di un blu quasi etereo che brillavano sotto il sole. Quando l'aereo virò verso Willow Brook, il lago di Swan apparve in lontananza, la superficie uno specchio che rifletteva i raggi pomeridiani.

Amavo il mio lavoro, da sempre. Ancora nella Carolina del Nord, avevo scelto di seguire l'addestramento a vigile del fuoco perché volevo fare qualcosa che contasse davvero, spingermi oltre il limite per gli altri. Quando ero bambino, mio padre aveva lavorato come pompiere volontario. Seguendo il suo esempio, mi ero iscritto all'addestramento appena dopo aver compiuto i diciotto anni. Durante gli anni dell'università, avevo continuato a svolgere il mio ruolo di volontario. Conclusi gli studi, quella laurea non mi era servita un granché perché avevo accettato subito una posizione full-time come vigile del fuoco.

Dopo qualche anno, avevo deciso di spiccare il volo e cominciare l'addestramento a hotshot. Sulla costa orientale, gli incendi erano molto meno frequenti per via delle differenze del territorio e dei rischi naturali. Per me che amavo il lavoro del pompiere e la natura selvaggia, era il compromesso perfetto.

La mia squadra aveva passato gli ultimi tre giorni in un addestramento congiunto in alcune zone poco distanti da Fairbanks. Gli incendi rappresentavano un forte rischio, soprattutto vicino ai centri abitati. Ci eravamo occupati di un incendio controllato e avevamo preparato alcune sezioni più preoccupanti in vista dell'estate.

Solitamente, durante le missioni non sentivo mai la mancanza di nessuno. Quel dolore acuto che avevo nel cuore sin dalla morte dei miei genitori non si era mai spento, e Shay mi mancava sempre e comunque. Tuttavia, in quei tre ultimi giorni Rachel era riuscita a infiltrarsi tra i miei pensieri ogni volta che trovavo un momento per distrarmi. Mi ero addormentato ogni notte con lei in mente, per ritrovarla in un sogno e poi sempre lì al mio risveglio.

Con il Denali di fronte, sapevo che ormai mancava poco per arrivare a Willow Brook. Non desideravo altro che rivedere Rachel. Contavo di farlo quella sera stessa, ma in fondo la nostra relazione era appena ai suoi inizi, quindi non sapevo se fosse scontato o meno. Speravo proprio di sì.

Sfilai il telefono dalla tasca e lo accesi per controllare se finalmente ci fosse almeno un po' di campo.

Apparve una splendida barretta minuscola, che bastava almeno per inviare un messaggio.

Ehi, tra poco atterro con la squadra. Spero di poterti vedere questa sera. Mi sei mancata.

Il mio pollice esitò su quelle ultime tre parole, ma le inviai comunque. Accogliere Rachel nella mia vita non faceva parte dei miei piani, ma non me la sarei comunque lasciata sfuggire prima di averle fatto comprendere quanto era diventata importante per me.

Mi si strinse il cuore quando l'aereo si inclinò e le strade di Willow Brook cominciarono a prendere forma davanti ai miei occhi, formando una piccola mappa. Il paese si trovava a circa un'ora da Anchorage, a nord-ovest rispetto alla grande città. Con l'oceano che luccicava in lontananza, il lago di Swan che risaltava in mezzo al paesino e gli alberi che si aprivano ai piedi dei monti, un senso di tensione che non sapevo neanche di avere dentro cominciò ad alleviarsi.

Quando Fred, il pilota, cominciò l'atterraggio sulla pista del piccolo aeroporto di Willow Brook, mi arrivò una notifica.

Ciao, questa sera sono libera. Chiamami quando atterri.

Un senso di trepidazione mi fece vibrare l'anima. Per un istante pensai che avesse deciso di ignorare il mio ultimo commento, finché non vidi che stava scrivendo qualcos'altro.

Mi sei mancato anche tu.

L'emozione mi serrò la gola. Era esattamente ciò che avevo bisogno di sentirmi dire.

———

Dopo una doccia bollente negli spogliatoi della caserma, mi infilai dei jeans e una maglietta blu navy. Avevo già telefonato a Rachel e ci eravamo messi d'accordo per una pizza a casa sua. Dato che quel giorno aveva lavorato come una matta, non aveva trovato il tempo per andare al supermercato a fare la spesa.

Quel senso di ordinarietà mi piaceva da impazzire. Nell'attesa che preparassero la pizza, poggiai i gomiti sul bancone attorno alla scrivania di Maisie. Levi e Beck stavano facendo una scommessa su chi sarebbe riuscito ad arrivare prima a casa.

Rex uscì dal corridoio della stazione di polizia e ci guardò con un sorriso. Fermandosi al mio fianco, commentò, "Che piacere riaverti tra noi. Stasera vedi Rachel?"

"Sì, ma non sono affari tuoi," risposi.

Rex alzò gli occhi al cielo. "Oh, fidati, non me ne frega un accidente della tua vita sentimentale. Ma l'altra sera Bruce si è presentato a casa sua. L'abbiamo arrestato ed è stato accusato di aver violato l'ordine restrittivo. Ovviamente, ha pagato la cauzione ed è uscito la sera stessa. Per quanto ne so, non si è più presentato da lei, ma sapere che non è lì da sola mi darà un po' di pace. So che ha il cane, però..." Senza continuare la frase, scosse tristemente la testa.

Levi e Beck erano usciti nel parcheggio per dare un'occhiata al nuovo pick-up di Levi. Maisie sollevò lo sguardo su me e Rex. "Non preoccuparti, le guardiamo tutti le spalle," mi disse.

Essendo la nostra centralinista, Maisie sapeva praticamente tutto quello che accadeva in città. Un lampo di rabbia mi attraversò. "Che cazzo significa? Non è normale che faccia una stronzata del genere e poi possa continuare a girare a piede libero. E poi pensavo avesse una nuova donna."

Rex si strinse nelle spalle, con una smorfia. "Purtroppo non si può impedire a qualcuno di vivere dove vuole. Fidati, vorrei davvero tanto che quello stronzo se ne stesse da tutt'altra parte. E sì, ha una nuova ragazza e sta avendo problemi anche con lei. Ti dico quello che ho già detto a Rachel. Anche se ha trovato un'altra, gli uomini come lui la prendono *molto* sul personale quando una donna li lascia definitivamente. Bruce non è una cima, ma penso abbia capito che Rachel ha chiuso con lui. Non significa però che voglia smettere di importunarla. Si diverte a metterla a disagio. O almeno, io la vedo così."

"Rachel se la caverà," affermò con convinzione Maisie. "Non fraintendere, sono contenta che abbia trovato un uomo come te, ma è la donna più forte che conosco."

Prima che potesse aggiungere qualcosa, squillò il telefono e si voltò a rispondere.

Rivolsi un cenno di gratitudine a Rex. "Grazie per avermi informato." Non sapevo che altro dire. Volevo trovare Bruce e spaccarlo di botte, ma quello non l'avrei di certo ammesso davanti a Rex.

Rex annuì lentamente. "Non fare stupidaggini, intesi?"

"Tipo prendere a pugni quel coglione del suo ex?"

"Esattamente."

"Non sono un idiota, ma non prometto nulla. Sappi che se dovesse succedere qualcosa, sarà lui ad aver fatto la prima mossa."

Capitolo Venticinque

REMY

Rachel era di fronte a me, i capelli sciolti e le guance arrossate. Ero arrivato da poco da lei e l'avevo trovata in cortile a giocare al riporto con Henry. Ero rimasto fuori insieme a loro ed ero quasi tentato di chiederle della faccenda con Bruce, ma non volevo rischiare di invadere la sua privacy.

Tra quel fortissimo desiderio che mi risvegliava dentro ogni volta che ce l'avevo vicina e l'intensità dei miei sentimenti, tutte quelle angosce per la sua incolumità mi stavano uccidendo.

Eravamo in casa da pochi minuti e nell'aria riecheggiavano i suoni di Henry che beveva dalla ciotola. "Ho saputo di Bruce." Merda. Non ero riuscito a controllarmi.

Rachel sbarrò gli occhi. Il suo lungo silenzio mi fece intendere che non avrei dovuto tirare fuori l'argomento.

"Cos'hai saputo?" mi domandò con un filo di voce.

"Rex mi ha detto che Bruce è stato qui. L'ha arrestato, ma è uscito subito su cauzione."

Osservai il misto di emozioni che le apparve sul

volto: frustrazione, tristezza, rimpianto, rabbia. E sotto la superficie, intravedevo anche una certa vulnerabilità.

Si morse l'angolo del labbro, cominciando a torturarlo. Per il nervoso, cominciò anche ad arricciarsi una ciocca di capelli attorno al dito e a battere un piede per terra.

Volevo prenderla tra le braccia e stringerla forte. Perché mia sorella aveva dovuto subire il suo stesso destino e anche perché ormai avevo imparato a conoscerla, quindi probabilmente si vergognava di quel periodo buio della sua vita, oppure si riteneva responsabile o magari pensava che gli altri la giudicassero per essersi cacciata in quella situazione. O magari tutto quanto insieme.

Ma non c'era nulla di vero. Per quanto avrei voluto provare a farla ragionare, Shay mi aveva insegnato che le azioni contavano più delle parole.

Lo sguardo duro di Rachel si addolcì e sospirò piano, afflosciando le spalle. Odiavo vederla così scoraggiata. Fece un passo indietro e si sedette su uno sgabello, le labbra serrate e un lampo di amarezza negli occhi.

"È davvero una merda. Cioè, si è trovato una nuova ragazza, quindi perché continua a tormentarmi?"

Guardandola dritta negli occhi, le dissi la cruda verità, o almeno ciò che nel mio cuore ritenevo tale. "Perché gli uomini come lui sono dei veri stronzi. La logica e la ragione non c'entrano proprio nulla. Vogliono sentirsi in controllo e dimostrare la loro forza. Sai, non ne parlo spesso perché non spetta a me farlo, ma come ti ho già detto, anche mia sorella ha passato qualcosa di simile."

Una profonda tristezza le colmò di nuovo gli occhi.

"Succede a troppe, troppe donne. È un vero schifo. Adesso sta bene, giusto?"

Al ricordo di quel periodo di terrore, mi si strinse il cuore. "Sì, sta bene. Ha giurato che ha smesso con le storie d'amore."

Rachel si lasciò a una risata amara. "Beh, lo dicevo pure io. Finché non sei arrivato tu."

La sempre cauta e prudente Rachel mi parve imbarazzata e vulnerabile per un istante brevissimo, che bastò comunque a farmi battere forte il cuore.

"Significa che abbiamo una storia?" le chiesi sottovoce.

L'atmosfera intorno a noi cambiò in un lampo. L'aria si caricò di elettricità, mentre scariche incandescenti vibravano tra di noi.

Un bel rossore le tinse le guance e il desiderio le colmò gli occhi, rispecchiando quello che contenevano i miei.

"Non lo so, in realtà. Però avevo promesso che avrei chiuso col sesso, ma mi hai portato ben presto sulla cattiva strada," rispose lei, con una risata roca.

Mi avvicinai, infilandomi tra le sue ginocchia. Sollevai la mano e le spostai qualche ciocca selvaggia dalla guancia, per poi passarle le dita tra i capelli. Col pollice, le carezzai dolcemente il collo.

"Non sai quanto cazzo mi faccia piacere che tu abbia deciso di infrangere quella promessa." Sentivo i suoi capezzoli che premevano come sassolini contro il mio petto e un'ondata di desiderio mi travolse, violenta. "Non so se valga lo stesso anche per te, ma per me non è solo sesso."

Rachel non disse nulla, il respiro affannato. Henry attraversò la stanza per balzare sulla sua solita poltrona e si addormentò in un battibaleno.

Rachel si passò la lingua sul labbro inferiore, al che

un improvviso afflusso di sangue mi schizzò all'inguine. Ancora faticavo a comprendere come avessi fatto a sviluppare sentimenti tanto forti per lei in così poco tempo, ma di dubbi non ne avevo.

Avrei voluto urlare al mondo ciò che provavo per quella donna, o perlomeno a lei. Ma sapevo di non poter correre troppo, non era una persona che abbassava facilmente la guardia. Quindi volevo aspettare che si sentisse pronta a una simile schiettezza.

In momenti come quello lì, era come se una bolla di intimità ci avvolgesse, escludendo il resto del mondo.

"Vale anche per me," disse infine Rachel, la voce tanto debole che per poco non mi persi le sue parole.

Poi, mi passò una mano attorno al fianco e mi attirò dolcemente a sé. Eliminai qualunque distanza ci fosse tra le nostre labbra, baciandola con passione. Ormai avevo capito che, quando ce l'avevo così vicina, perdevo qualunque controllo. Non mi era mai capitato con nessun'altra donna.

La bocca calda di Rachel accolse la mia lingua, che intraprese una danza sensuale con la sua. I suoi dolci gemiti e versetti gutturali mi stavano facendo impazzire. Mi sfuggì un grugnito quando le feci scivolare la mano sul ventre e poi su fino al seno, cominciando a stuzzicare il capezzolo turgido con languide carezze del pollice. Insieme a lei il tempo pareva dissolversi, confondersi in un susseguirsi indistinto di istanti.

Si staccò dal nostro bacio e cominciò a tracciare una scia infuocata sulla curva del mio collo con le labbra, i denti, la lingua. A un certo punto afferrò l'orlo della mia maglietta e, sollevando lo sguardo, ordinò, "Levala. Voglio toccarti."

"Dolcezza, ogni tuo desiderio è un ordine." Mi portai una mano dietro la nuca e sfilai la maglietta, per poi lasciarla cadere al suolo. Nel frattempo, anche Rachel fece la stessa cosa, ma il tessuto si intrecciò ai capelli.

Con la maglietta sollevata, mi stava dando un panorama meraviglioso sul seno premuto insieme dal reggiseno blu in seta, sotto cui spuntavano i due sassolini preziosi. Chinai la testa e ne succhiai uno tra le labbra, senza perdere tempo.

Sussultando, Rachel ridacchiò e poi mormorò, "Un aiutino, grazie."

Sollevai con riluttanza la testa e le sfilai la maglietta. Dopodiché, Rachel cominciò a sbottonarmi i jeans e mi abbandonai a un gemito di piacere quando liberò il membro e lo avvolse tra le dita.

"Dolcezza, non..." Le mie parole si trasformarono in un profondo grugnito gutturale quando chinò la testa e fece roteare la lingua attorno alla cappella, leccando via una gocciolina di eccitazione.

"Stavi dicendo?" mi chiese, il tono provocante.

Al suono della sua voce ruvida, posai lo sguardo su di lei. Era ancora seduta sullo sgabello, ma si era piegata in avanti. Il seno abbondante era in bella mostra davanti ai miei occhi, con la gloriosa valle e i capezzoli che spuntavano da sotto la seta.

Allungai la mano e armeggiai con il gancio del reggiseno. "Perfezione pura, cazzo," mormorai, quando cadde. Presi un seno in mano e cominciai a stuzzicare un bocciolo tra il pollice e l'indice, lasciandola momentaneamente senza fiato.

Nei suoi occhi c'era quel velo di passione che tanto amavo. Rachel era una donna con un ottimo autocontrollo, quindi vederla in quel suo lato più selvaggio era una vera goduria. La consapevolezza che fossi proprio io a farle perdere il controllo in quel modo mi provocava un senso di potere immenso. Ma soprattutto, amavo vedere che con me si sentiva tanto al sicuro da poter abbassare la guardia. Lo trovavo un vero dono, un dono che non avrei mai dato per scontato.

"Scommetto che sei bagnatissima," mormorai.

Strofinò le cosce insieme e un luccichio di malizia le fece brillare gli occhi. "Forse, ma ti toccherà aspettare per scoprirlo."

Detto ciò, si chinò di nuovo e lo prese tutto quanto fino alla gola. Battei la mano sul bancone con un grugnito, poi intrecciai l'altra mano ai suoi capelli per mantenermi ancorato alla realtà.

Leccava, massaggiava, succhiava. Mi stava facendo letteralmente impazzire. Aveva una bocca e una lingua magiche.

Volevo dirle che dovevo penetrarla. Ma un orgasmo violento cancellò qualunque pensiero, travolgendomi con una forza tale che mi cedettero le ginocchia. Grazie al cielo che mi stavo reggendo al bancone. Rachel ingoiò tutto, fino all'ultima goccia.

Alla fine, sollevò lentamente la testa. Vederla con le labbra così gonfie dopo quel pompino da urlo, con gli occhi colmi di passione e le guance arrossate riportò subito in vita il mio membro. Si alzò in piedi e la baciai. Perché non potevo fare altrimenti. Il mio sapore leggermente salato le era rimasto sulla lingua, cosa che amavo da impazzire.

Capitolo Ventisei

RACHEL

Remy mi sollevò e gli cinsi la vita con le gambe. Gli uomini forti come lui avevano un qualcosa di speciale. Quando Remy mi teneva tra le sue braccia muscolose, sapevo che non mi avrebbe mai lasciata andare. Mi stringeva contro il suo corpo caldo, il mio piccolo angolo di paradiso in cui mi sentivo assolutamente al sicuro.

Sollevò una delle sue forti mani e me la passò tra i capelli, mormorando sulla mia tempia, "Devo farti mia, dolcezza."

Con ampie falcate, attraversò la casa ed entrò in camera mia, chiudendosi la porta alle spalle con un calcio. Nel giro di qualche secondo, mi lasciò andare e quasi mi strappò i jeans di dosso. Però rimasero incastrati alle caviglie e barcollai.

Mi afferrò per la vita e si spogliò di fronte a me. Rimasi ad ammirarlo, la gola secca. Era la virilità fatta a persona. Alto e con un fisico da urlo, ogni muscolo sfruttato al meglio. Ormai stavo imparando la mappatura del suo corpo e ricordavo la posizione di alcune cicatrici che aveva qua e là, come una irregolare dietro un braccio e una piuttosto lunga sulla schiena, che a detta sua si era fatto da ragazzino dondolando da una fune, quando gli si era incastrata sotto il braccio e l'aveva colpito con forza sulla schiena.

Amavo quei piccoli dettagli che lo rendevano ancora più uomo. Remy era tra gli uomini più forti che avessi mai conosciuto e decisamente il più gentile.

In un lampo, ci gettammo sul letto in un groviglio selvaggio, mentre le sue mani presero a esplorare ogni centimetro del mio corpo. Cominciò a stuzzicare i capezzoli coi denti, mordicchiando giusto il tanto da provocarmi fitte di dolore miste a piacere. Quando eravamo insieme, ci abbandonavamo ai nostri istinti più primordiali. Il desiderio pareva quasi insaziabile. Era impetuoso come un'onda anomala, tumultuoso come una tempesta.

La sua barbetta mi solleticava la pelle delle cosce, mentre con una mano mi divaricava le gambe. Un attimo dopo, affondò le dita nella mia femminilità. Gli afferrai i capelli e lanciai un urlo come iniziò a fottermi con le dita e la lingua, regalandomi un orgasmo violento e travolgente.

Con lui era sempre così. Non volevo finisse mai, eppure le sensazioni erano talmente intense che duravo pochissimo. Quell'uomo era un vero dio del sesso.

Quando fece per sollevarsi, lo bloccai con le ginocchia e lo gettai sul materasso, posizionandomi sopra di lui. Mi mossi per far scivolare il mio sesso umido di umori sul suo membro. Stavo provando a sedurlo, ma al contempo stavo godendo come non mai, sentendo la frizione sul bocciolo turgido.

Ormai avevo spento completamente il cervello. Mi sollevai, sentendo il bisogno di averlo dentro di me, di farmi invadere. Prima che potessi posizionarlo all'apertura, Remy mi strinse forte i fianchi. "Che c'è?" gli chiesi, guardandolo negli occhi.

"Con calma," mormorò.

Era come se mi stesse scrutando l'anima. L'emozione mi serrò la gola e un senso di angoscia mi assalì, davanti a quell'uomo che riusciva a comprendermi così nel profondo.

In quel momento, eccitata all'estremo e con ogni fibra del mio corpo che vibrava e urlava il suo nome, non volevo nient'altro che lui.

"D'accordo," sussurrai, mandando giù il nodo alla gola.

Con le sue mani ben salde sui fianchi, mi abbassai lentamente su di lui e mi sfuggì un gemito per la deliziosa sensazione di pienezza. Era grosso e duro, e mi riempiva completamente.

"Rachel."

Il mio nome riecheggiò nella stanza e un brivido di consapevolezza mi pervase tutta. Aprii gli occhi e lo guardai, incrociando il verde scuro e intenso dei suoi. Un leggero strato di sudore brillava sui nostri corpi. I suoi palmi ruvidi mi carezzavano la pelle, una sensazione che avevo imparato ben presto ad amare. Spostò le mani e le fece scivolare fino alle cosce, dove la pelle era tanto sensibile.

"Voglio soltanto vederti," mormorò, rispondendo alla mia tacita domanda.

Mi sollevai appena, deliziata quando inarcò il bacino per incontrare il mio. Con lui sollevato sui cuscini, mi sporsi in avanti e premetti le labbra alle sue. Non riuscivo a distogliere lo sguardo. Cominciammo a muoverci, creando un ritmo lento e sensuale che mi smuoveva qualcosa dentro, sia a livello fisico che emotivo. Poco dopo, l'orgasmo mi travolse e gridai il suo nome, la voce spezzata dal godimento.

Remy si irrigidì sotto di me e il suo seme caldo si riversò in me.

Mi carezzò la schiena, stringendomi al petto quando crollai sopra di lui. Restammo fermi immobili e mi lasciai cullare dal momento di estremo appagamento. Sarei rimasta per sempre nel suo abbraccio caldo.

A un certo punto, qualcosa grattò contro la porta. "Henry," mormorò Remy sui miei capelli.

"Dovrà andare in bagno, dato che ha mangiato da poco," dissi con una risatina, sollevandomi appena.

"Ci penso io, se per te non ci sono problemi," disse lui, inarcando un sopracciglio.

"Fai pure."

Ci sciogliemmo dall'abbraccio e rimasi ad ammirare il suo fondoschiena quando si alzò a raccogliere i jeans, senza neanche preoccuparsi di mettere la maglietta nonostante il freddo che c'era fuori.

Più tardi, mi addormentai contro il corpo caldo di Remy, con Henry ai piedi del letto. Non mi ero mai sentita tanto al sicuro in vita mia.

E ciò mi terrorizzava.

Capitolo Ventisette

RACHEL

Mi svegliai gradualmente, avvolta dal corpo caldo e forte di Remy. Perfino nel sonno, trasudava forza pura. Sollevai la testa e vidi che Henry non era più ai piedi del letto, ma si era spostato dietro le ginocchia di Remy. Un sorriso mi sfiorò le labbra.

Remy dormiva ancora profondamente, il petto che si muoveva lentamente con ogni respiro, e ne approfittai per ammirarlo. I capelli biondo scuro erano tutti arruffati. Con un braccio mi stringeva a sé, mentre teneva l'altra mano sul petto. Le ciglia folte si arricciavano sulle guance. Perfino nel sonno era assolutamente meraviglioso. Gli feci scorrere le dita dallo zigomo scolpito fino alla mascella, il mio tocco leggero come una piuma.

Aveva il viso pulito, dai lineamenti marcati e con al centro quelle due labbra carnose e sensuali. Senza riuscire a resistere, feci scivolare la mano lungo l'osso della clavicola e cominciai con cautela ad abbassare il lenzuolo. Col respiro accelerato e il cuore a mille, continuai a osservarlo. Il suo petto era un vero capolavoro, una parete di muscoli sodi e definiti.

Percepii il suo sguardo addosso e i miei occhi schizzarono nei suoi. Quando un sorrisetto sonnolento gli incurvò le labbra, arrossii violentemente.

"Buongiorno, dolcezza," mormorò. "Ti piace quel che vedi?"

Mi strinsi nelle spalle, fingendo nonchalance. "Forse," risposi, carezzandogli il petto.

Remy allungò la mano e la avvolse attorno al seno, cominciando a stuzzicare col pollice il capezzolo, che si mise subito sull'attenti. Ero tutta un fuoco, ma in fondo con lui mi sentivo *sempre* così.

Sollevandosi, cominciò a tempestarmi la curva del collo di baci, creando piccole scariche elettriche in ogni punto di contatto.

"C'è Henry," ansimai, quando mi mordicchiò la pelle e un brivido mi pervase.

La risata profonda di Remy mi fece venire le farfalle nello stomaco. Si sollevò su un gomito, facendo scivolare ulteriormente il lenzuolo. Il mio sguardò schizzò subito sugli addominali scolpiti. Senza esitare un istante, feci scendere la mano sul torso, mentre i suoi occhi incrociarono i miei. "Attenta. Sei stata tu a farmi notare che non siamo soli."

Ridacchiai. Anche Henry si svegliò, quindi sollevò la testa e la scosse un poco, agitando violentemente le orecchie. Però rimase fermo a guardarci.

Abbassai lo sguardo e vidi come il lenzuolo formava una tendina sopra l'erezione di Remy. Con l'acquolina alla bocca, dovetti trattenermi dal toccarlo. Sapevo quanto fosse caldo, duro e vellutato.

Però non potevo farlo, non con Henry che ci guardava.

"Doccia," dichiarò con fermezza Remy.

Lanciò via le coperte e si alzò dal letto, in tutto il

suo splendore. Quando mi voltai per seguirlo, notai che ero già bagnatissima.

Onestamente, non mi erano mai piaciute le sveltine. Ma in fondo, non ero mai stata con un uomo come Remy. Nel giro di pochi secondi, scivolò dentro di me da dietro. Poggiai le mani alla parete della doccia, ringraziando il cielo che c'era Remy a reggermi, altrimenti mi sarei sciolta sul pavimento. In pochi minuti, l'orgasmo travolse entrambi.

Quel momento di piacere così primordiale e selvaggio mi scosse nel profondo. Remy mi voltò e cominciò a baciarmi, sotto il getto caldo dell'acqua.

Poco dopo, mentre io cercavo qualcosa da preparare per la colazione, lui portò Henry a passeggio e a giocare un po'. Avevo il cuore a mille, mentre un vortice di ansia mi turbinava dentro. Perché era tutto perfetto, anche troppo.

Il buon sesso non era un problema. Remy era sexy da impazzire, in fondo. Però, non ero preparata a gestire il modo in cui la sua forza mi attirava come una calamita, e al modo in cui la sua delicatezza riusciva a moderare quella stessa forza.

Per colazione mangiammo delle uova strapazzate con bacon, accompagnate dal caffè. Uscimmo di casa insieme e Remy mi seguì in centro finché non dovette svoltare per la caserma, mentre io proseguii verso la clinica.

Mi stavo innamorando e probabilmente era pura pazzia.

Capitolo Ventotto

REMY

Bevvi un sorso di caffè nella cucina della caserma e feci una smorfia. Mi voltai dunque verso Levi. "Miseria, questa brocca l'avranno fatta ore fa. Potevi avvisarmi, sai."

Levi ridacchiò. "Allora mi sa che sono più disperato di te. Ieri notte non ho chiuso occhio. Beh, non è vero. Forse sono riuscito a dormire per un'oretta, se contiamo i quarti d'ora in cui sono riuscito a mettermi a letto," replicò, bevendo un altro lungo sorso di quel caffè disgustoso.

"Ti ha tenuto sveglio Glory?" gli chiesi, buttando l'ultimo goccio di caffè rimasto e pulendo la brocca, per prepararne un'altra. La bimba di Levi e Lucy era nata giusto qualche mese prima.

Levi annuì, sorseggiando altro caffè. "Eh, già. E Lucy è raffreddata. La tosse la sta torturando, quindi neanche lei è riuscita a dormire molto. Però davvero, sono stanco morto. Non ce la facevo a preparare dell'altro caffè, quindi grazie mille. Tu come te la passi?"

"Beh, ieri notte ho dormito, quindi direi molto

meglio di te." Mi voltai e poggiai i fianchi al bancone, aspettando che il caffè fosse pronto.

Levi abbozzò un sorriso stanco, mentre io pensavo che quella notte avevo proprio dormito come un bambino. E tutto per merito di Rachel. Finalmente potevo godermi di nuovo il sonno, dopo anni così difficili. Il dolore per la morte di qualcuno caro era davvero terrificante. Con la perdita dei miei genitori, avevo perso anche il sonno.

Ma con il corpo caldo di Rachel accanto e un profondo senso di appagamento nel cuore, addormentarmi era diventata una passeggiata. Al risveglio, mi sentivo sempre pronto a farla di nuovo mia.

Quel mattino, tuttavia, l'ansia che le avevo letto negli occhi mi aveva fatto mettere il piede sul freno. Avrei voluto tutto e subito, ma dovevo andare al suo ritmo. Con Rachel mi ero reso conto ben presto di una cosa: era la sola e unica donna per me.

Anni prima, quando non ero altro che un ragazzino arrapato, mio padre mi aveva detto che se avessi mai trovato la donna giusta l'avrei capito subito e che sarei stato disposto a lottare per lei. I miei genitori avevano sempre avuto un bellissimo rapporto. Quelle parole le compresi soltanto dopo aver conosciuto Rachel. Finalmente l'avevo trovata. Era tutto ciò che potessi mai sognare. Ma era anche piena di grinta e segnata dal suo passato.

Quindi avrei aspettato il momento giusto, pur sapendo quanto sarebbe stato maledettamente difficile.

Levi mi riportò al presente. "Senti, lo so che hai appena messo a fare il caffè, ma ti dispiace se mi verso quello che è già pronto prima che la brocca sia completamente piena?"

Quando incrociai i suoi occhi appannati dal sonno, mi fece molta pena. "Certo che no, fai pure."

Mi rivolse un sorriso e, voltandosi, sfilò la brocca e si riempì la tazza in tutta fretta, prima di riporla al suo posto. Bevve lentamente un lungo sorso e sospirò, soddisfatto. "Sai, secondo me il tuo caffè è il migliore, qui dentro."

"Oh, puoi dirlo forte," rispose Harlow May, arrivando dal retro della caserma.

Con noi avevamo soltanto due colleghe donne, Harlow e Susannah. Col tempo, erano diventate molto amiche. Come c'era da aspettarselo, erano entrambe bravissime nel loro lavoro e si facevano sempre valere. Probabilmente, di coraggio ne avevano perfino più di tutti noi uomini messi insieme.

Ma in fondo, mio padre mi aveva sempre ripetuto quanto le donne fossero più forti degli uomini, quindi lo trovavo assolutamente normale.

"Oh, davvero?" domandai ad Harlow, incrociando il suo sguardo.

Mi rivolse un sorriso. "Eccome! Il caffè che faccio io è decente, ma nulla di speciale. Gli altri ragazzi sono delle mezze seghe. Forse però Levi si salva, direi." Harlow continuava ad avvicinarsi, salutandoci con un gesto della mano.

Intanto io la seguivo con lo sguardo mentre attraversava il corridoio, i capelli scuri raccolti in una coda di cavallo e i fianchi che ondeggiavano a ogni passo. Sicuramente era una donna bellissima, ma era un dato puramente oggettivo. Infatti, per lei non nutrivo il benché minimo interesse.

La mia risposta venne anticipata da una chiamata d'emergenza all'interfono. "La polizia richiede rinforzi..."

Levi fece per spingersi via dal bancone, ma lo

guardai e scossi la testa. "Ci penso io. Vado a cercare Beck e andiamo noi due."

In caso di emergenze minori in zona, rispondeva chi era disponibile, in base al numero di persone richieste. Nel giro di pochi minuti, io e Beck ci stavamo dirigendo verso il luogo in cui la polizia si era recata per una lite domestica. Al loro arrivo, tuttavia, l'uomo aveva strappato il tubo del propano, causando così un alto rischio di incendio.

Beck, al volante, si girò a guardarmi con sguardo severo. "Sai dove stiamo andando, vero?"

"Beh, conosco l'indirizzo, se è questo che intendi."

"No, stiamo andando a casa della nuova ragazza dell'ex di Rachel."

"Mi prendi per il culo?"

"No. Me l'ha detto Maisie prima che uscissimo. Per te va bene?"

Alcuni amici sapevano già che io e Rachel ci stavamo frequentando, ma non avevo ancora mai menzionato ciò che sapevo sul suo ex. Rex mi aveva fatto capire che in città non era un segreto per nessuno.

Mi voltai verso il finestrino e osservai il panorama che ci sfrecciava accanto, spostando lo sguardo da albero ad albero. La neve continuava a diminuire perfino nelle zone d'ombra e ormai ne era rimasta pochissima. "Certo che va bene. Lo reputo un grandissimo coglione, ma dobbiamo comunque fare il nostro lavoro. Immagino che ai problemi di coppia ci stia già pensando Rex."

Beck rallentò per svoltare su una stradina secondaria. "Sì, Maisie mi ha detto che li hanno già separati. Immagino che abbia staccato il tubo appena si sono presentati gli agenti."

Con la rabbia che mi ribolliva dentro, rimasi in

silenzio finché non arrivammo a destinazione. Grazie al cielo che non ero da solo.

Al nostro arrivo, passammo subito all'azione. Maisie aveva già contattato il distributore di propano per bloccare la fornitura, quindi spegnemmo rapidamente il piccolo incendio che era scoppiato in cucina. Grazie al cielo che il serbatoio era di piccole dimensioni, con poco gas nelle tubature.

Superata l'emergenza, frustrazione e curiosità ebbero la meglio su di me. Bruce era ancora vicino alla volante, con le manette ai polsi, insieme a un agente che stava appuntando qualcosa su un taccuino.

Mentre passavo lì accanto, lo sentii rispondere a una domanda del poliziotto. "Ma che cazzo dici? Non mi sono avvicinato di nuovo a casa di Rachel. Cos'è, non posso più passare in quella zona?"

Senza riuscire a trattenermi, mi fermai di fronte a Bruce. "No, non puoi passare in quella zona."

Un'ondata di rabbia incandescente mi travolse. Feci un passo avanti, quando una mano mi afferrò per il braccio. "Andiamo, Remy," disse Beck. Avrà anche avuto un'espressione neutrale, ma la stretta era salda come una morsa.

Mi resi conto soltanto in quel momento che davanti a me c'era un agente di polizia, mentre dall'altra parte del vialetto Rex stava parlando con una ragazza, probabilmente la compagna di Bruce. Riportai i piedi per terra e soffocai la rabbia. Mi voltai e seguii Beck, liberandomi dalla sua presa quando eravamo ormai dietro la vettura.

"Che pezzo di merda," mormorai.

"Esatto. È un pezzo di merda che non è degno delle tue attenzioni. Non ha senso prenderlo a pugni davanti a due poliziotti," replicò Beck, scuotendo la testa. "Senti, ti capisco benissimo, ma non fare stronzate."

Tornammo alla caserma in assoluto silenzio. Sapevo che a breve la mia squadra sarebbe dovuta partire in missione per settimane e non sapevo cosa cazzo fare. Non potevo sopportare che Bruce fosse ancora a piede libero. Doveva sparire dalla circolazione.

"Come te la passi?" mi chiese Beck, quando poggiai la testa al sedile con un sospiro.

"Sono incazzato nero. E preoccupato," aggiunsi. "Quello stronzo doveva proprio mettere in mezzo Rachel, eh? Prima o poi, arriverà una sera in cui *non* potrò essere lì con lei. E non posso farci assolutamente niente."

Beck mi ascoltava in silenzio, la mano poggiata sopra il volante mentre sterzava col polso. "No, hai ragione. Ma quindi tra te e Rachel c'è *davvero* qualcosa."

Il mio cuore batté con forza contro le costole, come per urlargli che aveva assolutamente ragione. Mi venne quasi da ridere. Non mi piaceva parlare di sentimenti ed emozioni, però, in fondo, Beck era un brav'uomo e un buon amico. Gli piaceva scherzare, ma era un piacere parlarci.

"Sì, c'è qualcosa. Ma il problema è che non so ancora come vuole muoversi. La vedo molto insicura. Quel bastardo di Bruce deve averle fatto passare l'inferno."

Beck si fermò all'incrocio che portava in centro. Ne approfittò per guardarmi, lo sguardo cupo. "Sì, è proprio così. Maisie mi ha detto che secondo Charlie piaci davvero tanto a Rachel. Io non ne so molto, ma sai che le ragazze sanno sempre tutto."

Mi scappò da ridere. "Sarà anche così, ma rimane comunque super insicura."

Beck si strinse nelle spalle e riportò lo sguardo sulla strada. "E quindi? Non farti frenare da una cosa del genere. Devi farle capire esattamente ciò che provi."

Capitolo Ventinove

RACHEL

Posai il bicchiere di vino sul tavolo, lo sguardo fisso in quello di Remy. "Cosa?"

"Oggi ho visto Bruce," ripeté.

La sua espressione rimase neutrale, ma percepivo la rabbia che emanava il suo corpo. Per quanto mi sentissi sempre al sicuro con Remy, sapevo quanto per lui quello fosse un tasto dolente. Cielo, lo era anche per me. E a buone ragioni. Eppure, le sue parole mi smossero qualcosa dentro. Non volevo che lui, o chiunque altro, pensasse che non sarei riuscita a gestire da sola quella situazione di merda.

"Dove?" domandai, senza pensarci. Ero sinceramente curiosa, ma detestavo quel fugace fremito di paura che mi attraversò. Nonostante fosse ormai passato del tempo dal giorno in cui avevo trovato il coraggio di scacciare Bruce dalla mia vita, ancora non ero riuscita a liberarmi completamente di quella paura. Tornava di tanto in tanto, a ondate, senza alcun motivo apparente.

Alle volte, si trattava di onde anomale che mi prendevano totalmente alla sprovvista e mi lasciavano distrutta. Altre, invece, più piccole e meno devastanti. Con il tempo, si erano fatte sempre più rare, eppure erano sempre lì. In quel preciso istante, sapevo di essere completamente al sicuro con Remy e che Bruce fosse da tutt'altra parte. Nonostante ciò, soltanto pensare a lui mi faceva ritorcere lo stomaco, reazione che probabilmente non mi avrebbe mai abbandonata.

Remy bevve un sorso di birra prima di rispondermi. "È stata chiamata la polizia a casa della sua ragazza. Quando sono arrivati, ha staccato un tubo del serbatoio di propano. Probabilmente perché stavano litigando. È scoppiato un piccolo incendio e hanno chiamato noi a intervenire."

"Oh," mormorai, senza riuscire a dire altro.

Remy rispose alla domanda che mi aleggiava per la mente. "L'hanno arrestato di nuovo." Poi fece una pausa, come per soppesare le sue parole. "Ha tirato fuori te e ha affermato che siamo in un paese libero, quindi può passare nella tua via quando gli pare e piace." Le sue spalle si sollevarono con un respiro profondo. "Non tollero che continui a tormentarti."

Quella vecchia paura purtroppo tanto familiare mi si strinse come una morsa attorno al cuore. Mentre Bruce era in prigione, la consapevolezza che non potesse avvicinarsi mi permetteva di controllare molto meglio le mie angosce. E in fondo, sapevo di essere stata molto fortunata, conoscendo le statistiche. Poteva andarmi molto peggio, quell'incubo avrebbe potuto continuare per molto più tempo. Ma nonostante tutto, mi sentivo comunque un'idiota e una stupida, perché in quel macello mi ci ero cacciata da sola.

Non sapevo come giudicare il coinvolgimento di Remy nella faccenda. Era diventato ben presto il mio scudo, che mi proteggeva dal mondo e allo stesso tempo mi regalava del sesso fantastico.

Eppure, dopo Bruce avevo combattuto duramente per gestire tutto quanto da sola, per convincermi che dovevo andare avanti a testa alta e prendermi cura di me stessa. Una parte di me si crogiolava nella protettività di Remy, mentre l'altra vi si opponeva con tutte le sue forze. Volevo ribellarmi, perché ero perfettamente in grado di badare a me stessa. Dovevo crederci.

Con le emozioni sottosopra, bevvi un sorso di vino e feci qualche respiro profondo, ricordando a me stessa che dovevo soltanto continuare a camminare, lasciandomi alle spalle la paura. Non c'era bisogno di prendere alcuna decisione affrettata.

"Bruce fa sempre così. Voleva soltanto farti incazzare. Si diverte a fare lo stronzo," risposi infine, iniziando a sentirmi davvero esausta. Cominciavo a temere che avrei dovuto convivere per tutta la vita con le torture di Bruce.

Remy allungò la mano e prese la mia. Eravamo seduti al bancone che separava la cucina e il soggiorno, uno di fronte all'altra. Le carezze del suo pollice sul polso riuscirono a tranquillizzarmi, sprigionandomi dentro un rassicurante senso di calore.

"Lo so, però..." Si fermò e scosse appena la testa. "Non so cosa fare, ok? Mettiamola così. Dopo tutto quel casino con mia sorella, alla fine mi ha detto che odiava quando gli altri provavano a proteggerla evitando di menzionare il suo ex. Sto cercando di non commettere errori perché so che è un problema tuo e molto personale, ma sei davvero troppo importante per me."

Il mio cuore prese a martellare violentemente nel petto, riecheggiando in tutto il resto del corpo. Volevo chiedere a Remy di spiegarsi meglio.

Perché ormai avevo capito che mi stavo innamorando di lui e non sapevo più come tornare indietro. Riavere Bruce nella mia vita proprio quando stavo cercando di dare un senso al mio rapporto con Remy mi stava facendo letteralmente impazzire.

L'emozione mi soffocò e cercai di non farmi schiacciare. "Mi dispiace," dissi, senza neanche sapere perché mi stessi scusando.

"E per cosa diamine ti staresti scusando? Un'altra cosa che ho imparato è che queste cose accadono e basta. Non ci si può fare niente. Diciamo che pensavo semplicemente che anche tu potessi pensarla come Shay, dato che avete passato più o meno la stessa cosa. Preferisco informarti apertamente dei commentini di Bruce, invece di tenerli per me e preoccuparmi della sua prossima mossa. Se però preferisci che non ti faccia più sapere niente, dimmelo senza problemi."

Irrequieta, mi alzai in piedi. Avevo intenzione di reagire nel modo più razionale possibile, ma nemmeno io sapevo più cos'è che volessi davvero. Non volevo che qualcun altro mi proteggesse dalla realtà, da Bruce. Però non potevo neanche permettermi di fare la stupida. Era importante che sapessi sempre quando diceva stronzate del genere. Eppure, odiavo sentirmi così vulnerabile, permettergli ancora di dettare le regole della mia vita. Perché così, continuava a farmi preoccupare, a vagarmi per la mente.

Col cuore pesante, mi voltai e mi strinsi il corpo tra le braccia. "Ciò che voglio io è irrealizzabile. Vorrei poter cancellare tutto quello che è successo per non dover continuare a vivere nell'angoscia. Però non lo posso fare. Quindi no, non devi nascondermi nulla."

Remy mi fissò in silenzio, come se stesse cercando di leggermi nella mente. In quel momento, tuttavia, non mi sentivo pronta a mostrargli quel lato così turbato e instabile di me. Mi voltai di nuovo e cominciai a lavare i piatti, per tenermi occupata.

Henry spezzò la tensione del momento trotterellando verso la porta, davanti a cui si sedette. Per qualche miracolo, ero riuscita a insegnargli quel modo molto educato per farmi capire che aveva bisogno di uscire. C'erano tantissime cose che non ero ancora riuscita a fargli imparare, ma quello lo faceva sempre.

"Ci penso io," disse Remy, alzandosi dallo sgabello.

———

Il mattino seguente, Remy partì per una missione. Quella notte, avevo dormito tra le sue braccia. Per quanto amassi sentire il suo corpo caldo attorno al mio, non ero riuscita a rilassarmi. Faticavo ancora ad accettare quanto velocemente mi stessi innamorando di lui. Con Bruce che aveva fatto di nuovo intrusione nel mio mondo, non sapevo come affrontare la reazione di Remy.

Non potevo certo fargliene una colpa, ovviamente. La sua era una risposta ben naturale a una situazione come quella. Eppure, quel macello aveva fatto sorgere nuovi dubbi nella mia mente. Se mi fossi ritrovata in un guaio da sola, cos'avrei fatto? Non potevo permettermi di dipendere completamente da un uomo.

Provai a convincermi che quella missione aveva fatto proprio al caso mio, perché avevo bisogno di mettere distanza tra di noi. Era ancora presto per la stagione degli incendi, ma qualche idiota aveva deciso di accendere un fuoco in una zona in cui durante l'inverno aveva nevicato meno del solito. La vegetazione morta e secca aveva dunque preso fuoco molto rapidamente.

Quella era stata la prima notte in cui avevamo

dormito insieme senza fare sesso. E il motivo era molto semplice. Ero troppo tesa, troppo nervosa, piena di dubbi che gettavano una cupa ombra su tutta quella gioia che Remy riusciva sempre a farmi provare.

Prima di andare al lavoro, mi fermai a un distributore. Mi si bloccò il cuore quando con la coda dell'occhio vidi l'auto di Bruce. Ovviamente, si era fermato proprio accanto alla mia macchina, dando l'impressione di trovarsi lì per caso, soltanto per fare benzina. Ma dentro di me sapevo che in realtà doveva aver notato la mia macchina e che quindi ne aveva approfittato per avvicinarsi con una scusa.

Dopo ciò che quell'uomo mi aveva fatto passare, non c'era neanche bisogno che mi parlasse perché mi sentissi scombussolata all'estremo. Un senso di angoscia mi travolse e sentivo il bisogno di fuggire. Avevo il fiato corto, il cuore che martellava a un ritmo folle.

Con un bel respiro profondo, continuai a fare benzina. Non gli avrei permesso di intimidirmi. Ripartii poco dopo e, appena arrivata in ufficio, mi gettai nel lavoro per distrarmi.

La sera dopo, a fine giornata, stavo chiacchierando come al solito con Charlie. Teneva i piedi sollevati su una delle mie sedie, mentre io preparavo un tè per lei e del caffè per me stessa.

"No, aspetta, fammi capire bene. Secondo te tu e Remy avete bisogno di spazio?" mi chiese.

Mi voltai e le porsi il tè, per poi abbandonarmi sull'altra sedia. Annuendo, bevvi un sorso di caffè. "Esattamente. Anche tu devi ammettere che stiamo correndo davvero troppo."

"Se si parlasse di me, ti direi che hai anche ragione. Ma qui si tratta di te. Non hai più fatto avvicinare nessun uomo, dopo la storia con Bruce."

"Motivo in più per procedere per gradi. Senti, fino

adesso sono riuscita a cavarmela da sola. Non posso buttarmi a capofitto in una relazione soltanto perché Remy è bono e sexy, e mi fa sentire bene e al sicuro," replicai.

Charlie per poco non si strozzò col tè, riuscendo per miracolo a deglutire. Si spostò dunque i capelli dalla fronte, lasciandoli dietro l'orecchio, e bevve un altro sorso prima di scuotere la testa. "E cosa ci sarebbe di male, scusami? Sembra l'uomo perfetto, cazzo! Sia chiaro, amo Jesse da impazzire..."

La interruppi. "Lo so, e vi siete sposati poco più di un mese fa."

Infatti, dopo aver convissuto per più di un anno, Jesse le aveva chiesto di sposarlo e qualche settimana prima avevano organizzato una piccola cerimonia.

Charlie arrossì e sorrise dolcemente. "Eh, già. Ma tornando a noi. Per me esiste soltanto Jesse, però Remy e quel suo accento del sud..." Fece una pausa, posandosi una mano sul petto con fare teatrale. "Dico solo che, se proprio deve restare a Willow Brook, non posso tollerare che vada avanti senza una donna meravigliosa al suo fianco. È un vero gentiluomo, il classico ragazzo tranquillo e seducente."

Ricordi di qualche sera prima mi riaffiorarono nella mente. Era senz'altro un uomo tranquillo e un vero gentiluomo. Nel sesso, invece, comandava sempre lui, cosa che amavo da impazzire. La sensazione delle sue sberle sul sedere era ancora ben vivida.

Ritornai subito al presente. *Non* era affatto il momento di fantasticare su Remy. "Non so cosa fare. E se mi stessi buttando su di lui solo per dimenticare il passato e in realtà non mi sto davvero innamorando? E se invece stessi facendo troppo affidamento su di lui? Non sopporto che Bruce sia uscito di prigione proprio adesso e sia tornato a Willow Brook a tormentarmi."

Charlie posò il suo sguardo triste nel mio. "Già, il tempismo non poteva essere dei peggiori. Ma forse in realtà è la situazione migliore che potesse esserci. Vedila così. È molto meglio che sia successo tutto adesso che siete solo all'inizio, invece che quando magari ti sentivi più tranquilla e sicura in una relazione. E parlo in generale, non solo con Remy. Ma da quello che mi pare di aver capito, non ha intenzione di lasciarti sfuggire. Jesse mi ha detto che l'altro giorno era giù di tono, per colpa di Bruce. Sembra molto protettivo nei tuoi confronti e lo trovo davvero adorabile. Certo, sei una tipa tosta e con le palle, ma avere un uomo del genere accanto non fa mai male."

Posai la tazza e sospirai. Avrei tanto voluto che Charlie potesse dirmi cosa fare, ma in quel momento i dubbi continuavano a rimbalzare nella mia mente, giocando a pallavolo con la mia sanità mentale.

Remy mi mancava già. Il mio cuore soffriva la lontananza. La sera prima, da sola a casa con Henry, avevo tanto sognato che potesse essere lì con noi a giocare al riporto, perché riusciva a tirare la palla molto più lontano rispetto a me. Ma la lista di desideri era molto lunga. Avevo continuato a ripetermi che in realtà non mi mancava poi così tanto, ma era solo una menzogna. Da sola sul divano, avrei tanto voluto potermi appoggiare sul suo forte petto, avvolta nel suo calore. Prima di andare a dormire, avevo controllato le serrature per ben due volte, provando a rassicurarmi che se si fosse presentato qualcuno ci avrebbe pensato Henry ad abbaiare.

Charlie non aveva risposte da darmi, e così neanche io.

Il giorno seguente, Charlie venne chiamata in ospedale per un'emergenza, quindi nel pomeriggio passai io a prendere Em per portarla al lavoro. Senza riuscire a resistere alla tentazione, entrai anche io in caserma pur sapendo che Remy non c'era, nella speranza di ricevere qualche aggiornamento da Maisie sul suo ritorno.

Varcai la soglia e trovai Lucy e Levi, che teneva in braccio la piccola Glory. Con un braccio forte la reggeva al petto, mentre l'altro lo teneva morbido sulle spalle di Lucy. Nel vederli, il mio cuore prese a fare le bizze. Dopo essermi liberata di Bruce, avevo continuato a ripetermi che non avrei mai trovato un amore come quello che condividevano loro, ma avevo cominciato a desiderarlo con tutta me stessa. Era a un passo da me, con Remy, ma ancora non sapevo neanche se ricambiasse davvero i miei sentimenti. Non ero neanche riuscita a dare un senso a quei miei sentimenti, a capire se erano sinceri o magari soltanto una reazione a ciò che mi aveva fatto passare Bruce.

Lucy si voltò con un sorriso.

"Ehi!" esclamò Maisie, sollevando lo sguardo dalla scrivania.

"Sono passata a lasciare Em, quindi ne ho approfittato per entrare a salutare." Mi avvicinai a Lucy e Levi e un sorriso mi sfiorò le labbra quando la piccola Glory voltò la testa verso di me, allungando la manina e aprendola come una stella.

Le ditina paffute si strinsero attorno alle mie quando avvicinai la mano e il mio cuore parve fermarsi per un breve istante.

"Che vi porta qui?" chiesi a Lucy.

"Oh, abbiamo un appuntamento dal pediatra."

"Già. Scommetto che stabilirà un record di peso." Levi annuì con orgoglio.

Lucy alzò gli occhi al cielo. "Ne dubito. Dimentichi che io sono piccoletta. Glory è assolutamente nella media. E poi non esiste un record del genere."

Levi le strinse la spalla. "Non è nella media, è perfetta."

Alle sue parole, Lucy alzò di nuovo gli occhi al cielo. Dopodiché, lanciò uno sguardo all'orologio che avevo alle spalle. "Meglio andare, altrimenti rischiamo di fare tardi."

Ci salutammo e si voltarono per uscire dalla porta.

Rimasi a guardarli attraverso le finestre, mentre Levi legava la piccola sul seggiolino. Nel frattempo, Maisie stava scrivendo qualcosa al computer.

Si era trasferita qualche anno prima a Willow Brook, dopo aver ricevuto in eredità la casa di sua nonna. Col tempo, era diventata una mia cara amica. "Come stanno Max e Carol?" le chiesi. "È da un po' che non ci riuniamo tutte da te a giocare a carte."

Maisie toccò un bottone e poi spostò la tastiera sotto il bancone. "Oh, stanno benissimo. Finalmente Carol ha cominciato a dormire quasi tutta la notte. Con Max è stato molto più facile. Di tanto in tanto, Beck scherza dicendo che dovremmo farne un altro, ma io non ne sono molto convinta. Non perché non voglio un altro bambino, però non mi va di passare un altro anno senza riuscire a dormire," disse con una risata.

"Si dice che dopo un po' te ne dimentichi."

I ricciolini di Maisie rimbalzarono con una risata. "Già, come dicono che dopo un po' si dimentica anche il dolore del parto. Beh, io *non* l'ho dimenticato. E poi, stavolta non riesco a buttare giù la pancetta. Ho detto a Beck che se ne vuole un altro dovrà farci l'abitudine."

Alzai gli occhi al cielo. "Sono sicura che Beck ama ogni centimetro di te."

Maisie arrossì e poi si strinse nelle spalle. "Forse."

Beck lo conoscevo da anni. Prima che incontrasse Maisie, nessuno avrebbe mai detto che un giorno avrebbe messo su famiglia. Ormai, faticavo quasi a ricordare i tempi in cui era un cascamorto e un po' donnaiolo. Cascamorto lo era rimasto, ma sempre e comunque indiscriminatamente. Avrebbe flirtato persino con una sedia. Ma tutti sapevamo che amava solo ed esclusivamente Maisie.

"Come vanno le cose con Remy?" mi domandò, spiazzandomi con l'improvviso cambio di argomento.

Rimasi a fissarla. Non era un segreto che io e Remy avessimo cominciato a frequentarci. Ne avevo parlato con Charlie ed era venuto fuori pure a una serata di carte. Il tempo, con lui, sembrava come condensato. Era incredibile quanto poco fosse passato dal nostro primo bacio.

"Non lo so," risposi. "Cioè, va tutto bene, però... ho l'impressione che stiamo correndo troppo. Ho paura di stare agendo in modo irrazionale."

"Spiegati meglio," mi disse, socchiudendo i suoi grandi occhi marroni.

"Il succo è questo. Dopo tutto quello che è successo con Bruce, beh, diciamo che avevo anche accettato un futuro da single. Ma poi è apparso Remy e adesso ho paura che non sia altro che un ripiego. E il ritorno di Bruce dal carcere mi sta facendo uscire di testa."

Maisie prese la bottiglietta d'acqua e bevve un sorso. La lasciò di nuovo sulla scrivania e mi guardò, lo sguardo pensieroso. "D'accordo. L'ultima parte la capisco. Ma sarebbe successo comunque, indipendentemente da Remy. Giusto?"

"Beh, sì."

"Non credo che Remy sia soltanto un ripiego. Con Bruce è finita da troppo tempo. Soltanto perché è il primo uomo che frequenti dalla rottura, non significa che sia un ripiego."

Cominciai a tamburellare le dita sul bancone, mordendomi l'interno della guancia mentre rimuginavo sulle sue parole. "Lo so, il problema non sono le tempistiche. È che mi preoccupo, ok? Cioè, devo riuscire a gestire questo casino con Bruce da sola. Per esempio, adesso Remy è fuori città e non so per quanto tempo ancora starà via, quindi sono angosciata perché sono da sola a casa e Bruce è a piede libero e..." Feci una pausa, tirando un bel respiro profondo per calmarmi. "Hai capito cosa voglio dire. Secondo me dovremmo solo rallentare un po'. Tutto qui. E poi, non so neanche cosa voglia Remy."

"Remy vuole *te*," disse Maisie con un sorriso. "Ed è chiaro come il sole. Beck dice che non fa che parlare di te. Lo trovo proprio adorabile."

Sentire le parole "adorabile" e "Remy" unite nella stessa frase mi fece scoppiare a ridere. Perché Remy sì, era bello come il peccato, sexy e tenebroso... ma adorabile? Non era di certo il primo aggettivo che mi sarebbe venuto in mente.

Maisie scrollò le spalle, ridendo con me. "Io la vedo così." In quel momento, squillò il telefono e si mise subito al lavoro.

Così me ne andai, rendendomi conto soltanto dopo che mi ero scordata di chiederle informazioni sul rientro della squadra di Remy.

Capitolo Trenta

REMY

Lasciai la motosega accanto a un ceppo e lanciai i guanti in pelle lì accanto. Beck si voltò a guardarmi, passandosi una mano tra i capelli spettinati con un sospiro. "Cazzo, sono stanco morto."

Era seduto per terra, le gambe allungate di fronte a sé, con una bottiglia d'acqua in mano e una barretta ai cereali nell'altra.

"Pure io. Ma mi sa che vale per tutta la squadra. Non è un'area facile da gestire."

All'inizio eravamo giunti sul luogo per spegnere un incendio minore, ma poi avevamo deciso di restare in zona per prevenire altri problemi con un incendio controllato. Infatti, stavamo eliminando le aree più pericolose e creando fasce tagliafuoco in vista dell'estate. Anche se non stavamo affrontando un grosso incendio, il tempo era dalla nostra parte e il sottobosco era rimasto umido dalla neve, si trattava comunque di un lavoro estenuante. Era proprio per quello che amavo il mio lavoro, perché potevo perdermici completamente.

Poggiai i fianchi sul ceppo e presi al volo la bottiglia che Beck mi lanciò dal suo zaino. "Grazie, amico," mormorai, prima di scolarmela quasi tutta in un sorso.

Con un sorrisetto, annuì. Eravamo in missione ormai da una settimana e saremmo tornati a Willow Brook l'indomani. Sia che lavorassi o che riposassi, i miei pensieri non facevano altro che snodarsi lungo il sentiero che Rachel aveva scavato nella mia mente.

"Pronto a tornare a casa?" domandai a Beck.

"Oh, eccome. Mi mancano Maisie e i bambini. Amo il mio lavoro, ma non mi piace dover stare lontano da loro."

"Immagino."

L'ultima notte che avevo passato con Rachel mi aveva particolarmente turbato. Si era addormentata tra le mie braccia, eppure avevo percepito l'ansia che le scorreva dentro e la distanza che questa aveva creato tra di noi.

Il pomeriggio seguente, la tensione che aveva tenuto in ostaggio il mio cuore per giorni cominciò ad alleviarsi quando vidi Willow Brook in lontananza. Poco dopo, l'elicottero atterrò dietro la caserma. Nel giro di pochi minuti, scendemmo tutti quanti con l'attrezzatura, stanchi e sfiniti.

Vidi Maisie che abbracciava Beck e dentro di me desiderai che anche tra me e Rachel potesse esserci un rapporto come il loro. Odiavo quel senso d'angoscia al pensiero che durante la mia assenza Bruce poteva averla tormentata di nuovo.

Scrissi un messaggio a Rachel prima di buttarmi sotto il getto bollente dell'acqua calda, pulendo via una settimana di lavoro. Dopo aver finito di vestirmi, feci una capatina nell'ufficio di Rex per chiedergli informazioni su Bruce.

Quando mi vide, sollevò lo sguardo dallo schermo del computer e mi invitò a entrare con un sorriso. "Accomodati pure, Remy."

Dopo essermi seduto davanti alla scrivania, gli chiesi, "Ci sono novità?" Non c'era bisogno che mi spiegassi oltre.

"Tutto tace. Da quanto ne so, Bruce è ancora dalla sua compagna e per il momento non è ancora successo nulla."

"Secondo te Rachel potrebbe nascondercelo, se le capitasse di vederlo di nuovo?"

Rex ci rifletté un attimo, poi scrollò le spalle. "È possibile. Direi che se fosse giusto un incontro casuale in città, non verrebbe a informarmi. Ma se invece dovesse presentarsi da lei, mi chiamerebbe."

Feci tamburellare le dita sul bracciolo. "Spero di non dare l'impressione che... beh, che sto ficcando il naso in affari che non mi riguardano."

Rex scosse la testa. "Assolutamente no. Ciò che c'è tra te e Rachel non mi riguarda, ma da queste parti ci guardiamo tutti le spalle. Sono contento che abbia te al suo fianco."

In quel momento, una notifica risuonò dalla mia tasca, proprio quando il telefono di Rex cominciò a squillare. "Devo rispondere," mi disse, voltandosi a guardarlo.

"Certo. Grazie per la disponibilità," replicai alzandomi in piedi, per poi uscire dall'ufficio. In corridoio, presi il cellulare e trovai un messaggio di Rachel.

Questa sera sono impegnata. Gioco a carte con le mie amiche. Facciamo un'altra volta?

———

Erano passati quattro fottutissimi giorni dal mio rientro, ma ancora non avevo visto Rachel. Ormai il mio livello di frustrazione aveva raggiunto le stelle.

Sapevo che farle pressioni non avrebbe aiutato, ma stavo perdendo la pazienza. Non ne potevo proprio più. Mi mancava da morire. Era come se mi avesse tagliato fuori dalla sua vita e proprio non mi andava giù. In realtà non aveva cominciato a ignorarmi completamente, perché ai miei messaggi rispondeva praticamente sempre, ma ogni volta si trovava una scusa per darmi buca.

In quel momento, però, stavo cominciando a incazzarmi perché i miei ultimi due messaggi erano andati a vuoto. Più che altro, cominciavo a preoccuparmi seriamente. Dovevo costantemente soffocare l'impulso di salire in macchina e fiondarmi da lei, perché in fondo non volevo comportarmi come Bruce. Rachel non era una mia proprietà.

Era tarda sera, dopo il lavoro, e mi ritrovai nel parcheggio del Firehouse. Non ero dell'umore giusto per rinchiudermi in un posto tanto affollato quanto il Wildlands. L'aria fresca primaverile soffiò nel locale quando aprii la porta. Rispetto al mattino, era molto più tranquillo, con giusto qualche tavolo occupato e nessuna fila alla cassa. Janet sollevò lo sguardo e sorrise come mi vide.

"Ehi, Remy!"

Arrivai al bancone e mi poggiai con nonchalance, provando a stamparmi un sorriso forzato sulle labbra. "Ehilà, Janet. Come stai?"

Inclinò la testa di lato. "Mmh, c'è qualcosa che non va, me lo sento. Ma prima ti porto un caffè. Il solito della casa?"

"Perfetto."

Janet si voltò e prese una delle caratteristiche tazze rosse del Firehouse, per poi riempirla fino all'orlo. Aggiunse la quantità giusta di panna, conoscendo i miei gusti, e poi fece scivolare la tazza sul ripiano. Presi il portafoglio e lasciai una banconota da cinque dollari lì accanto. "Tieni pure il resto."

Cominciai a sorseggiare, chiudendo gli occhi, e sospirai. "Il tuo caffè è davvero fantastico, Janet."

Quando riaprii gli occhi, trovai il suo sorriso. "Sai quanto mi sono allenata? Dai, ora dimmi perché hai questa faccia così..." Si fermò, stringendo le labbra. "Tesa?"

Janet aveva un vero talento per fare aprire agli altri il proprio cuore. Veniva sempre voglia di parlarle, probabilmente perché, pur conoscendo tutto e tutti in paese, era davvero una brava persona e odiava spettegolare. Anche se di sicuro era la più aggiornata sul gossip di Willow Brook.

"Credo che Rachel mi stia evitando," le risposi.

Pur non avendo mai parlato espressamente con Janet del nostro rapporto, ci aveva visti insieme nel suo locale diverse volte, quindi sicuramente aveva captato qualcosa. Arricciò le labbra e poi sospirò tristemente. "Davvero?"

"Forse sì. So solo che l'ultima volta che ci siamo visti è stato prima della mia missione, ovvero più di una settimana e mezzo fa."

"Vai a vederla, allora."

"Sicura sia una buona idea? Non..."

"Lo so che non vuoi comportarti come il suo ex, ma fidati, non gli assomigli neanche lontanamente. Rachel ha bisogno di sapere che tieni a lei, perché probabilmente non ci crederà finché non glielo sbatti in faccia e sarà costretta ad accettare la realtà."

Le lanciai un'occhiata, stringendomi nelle spalle. "Non saprei."

"Beh, non è l'atteggiamento giusto, se vuoi confessarle quello che provi," commentò Janet piattamente, un attimo prima che la campanella sulla porta suonasse alle mie spalle.

Mi voltai e vidi una coppia con due bambini. Riportai lo sguardo su Janet e sollevai la tazza. "Grazie ancora. Ci penserò sopra. È sempre un piacere vederti."

Janet mi fece l'occhiolino. "Ma figurati. Non rimuginarci troppo."

Con le parole di Janet che mi risuonavano ancora nelle orecchie, salii in macchina e presi la strada che portava da Rachel, quasi inconsciamente. Io abitavo dalla parte opposta del paese. A essere onesto, dopo quelle due settimane passate con lei, casa mia mi sembrava cavernosa e vuota.

Avevo trovato proprio una bella villetta, comprata da una coppia che aveva deciso di tornare negli Stati Uniti dopo la nascita del primo figlio per avvicinarsi alla famiglia. Ero stato davvero fortunato, sia per il prezzo economico che per la splendida posizione tra gli alberi. Sul terreno c'era perfino un laghetto, che si poteva raggiungere da un sentiero che si snodava nella foresta. Essendo collegato a un lago più grosso tramite un fiumiciattolo, si potevano pescare persino delle trote.

Solitamente, quando mi sentivo particolarmente turbato, mi rintanavo in quell'angolino del mio terreno perché amavo la pesca. Era un'attività tranquilla e serena. Ma in quel momento, non avevo voglia neanche di quello. Non riuscivo a trovare pace, in quel silenzio assordante in cui mi aveva relegato Rachel.

Mi fermai sul ciglio della strada, per avvisarla del

mio arrivo. Rispose dopo diversi squilli, la voce roca. Un colpo di tosse bloccò il suo, "Pronto?"

"Stai bene?" le chiesi, con un senso di ansia che prese subito il posto di quella frustrazione che avevo dentro.

Rispose con un attacco di tosse talmente forte che dovetti spostare il telefono dall'orecchio. "Sto male," mormorò alla fine.

"Arrivo subito."

Misi di nuovo in moto e mi fiondai da lei, senza aspettare una sua risposta. Raggiunsi casa sua nel giro di pochi minuti, tirando un sospiro di sollievo quando trovai la porta aperta. Ma un senso di panico mi assalì nel realizzare che al posto mio avrebbe potuto esserci Bruce. Però a quel problema ci avrei pensato in un altro momento.

Henry venne a salutarmi, cominciando a girarmi tra i piedi. Mi guardai intorno e vidi Rachel sdraiata sul divano, con due coperte sul corpo. Perfino dall'altra parte della stanza, vedevo il rossore febbrile sulla sua pelle. La raggiunsi con poche rapide falcate. In quei pochi minuti dalla nostra telefonata, si era addormentata.

L'angoscia mi strinse il cuore. Prima che potessi decidermi se svegliarla o meno aprì gli occhi, velati e stanchi. "Oh, non sapevo stessi venendo qui," mormorò.

Le posai il dorso della mano sulla fronte, che bruciava. "Hai preso qualcosa per la febbre?" le chiesi dolcemente.

Henry mi raggiunse sul bordo del divano, avvicinandosi per posarle il muso sulla coscia. Come scodinzolava, sbatteva contro il cuscino.

"Ho preso dell'ibuprofene, ma qualche ora fa. Non c'era bisogno venissi fin qui," mi disse, provando ad alzarsi ma crollando di nuovo sul divano.

"Non vado da nessuna parte. Quand'è stata l'ultima volta che hai mangiato o bevuto?"

"Non lo so," rispose, il tono scoraggiato.

Aveva le labbra secche e screpolate. Le strinsi delicatamente il braccio e mi alzai per attraversare la stanza. Appesi la giacca e controllai il termostato accanto alla porta, notando che la temperatura era piuttosto bassa. Ma con la febbre, magari non se n'era neanche resa conto.

Alzai il riscaldamento e poi mi avventurai in cucina. Mia mamma mi aveva costretto a imparare a cucinare, quindi me la cavavo discretamente. Un brodo di pollo non sarebbe stato poi così difficile.

Trovai una confezione di petti nel freezer, poi presi delle cipolle e dell'aglio. Le preparai anche un tè caldo, che le portai sul divano, poi andai in bagno a prendere delle medicine e la aiutai a sollevare la schiena su alcuni cuscini. Riuscendo a bere qualche sorso, mandò giù le due pastiglie. Speravo proprio che potessero aiutarla con la febbre.

"Va bene se porto fuori Henry per un po'?" le chiesi, quando notai che aveva lo sguardo già più attento.

Rachel annuì. "Sì, ti prego. Starà impazzendo. Ho iniziato ad avere qualcosa ieri, ma oggi è peggiorato."

Non riuscivo a vederla in quelle condizioni. Mi chinai un istante per baciarla sulla fronte. Henry, che aveva sentito il suo nome, stava roteando come un matto attorno ai miei piedi.

"Ti accendo la televisione?"

Bevve un altro sorso di tè, facendo attenzione a non bruciarsi, e notai il modo in cui stringeva con forza la tazza. "Ma sì, perché no?"

Mi voltai per cercare il telecomando, notando il modo in cui respirava a fatica. Lo trovai sul pavimento, quindi accesi il televisore prima di darlo a Rachel. Sapevo che le piacevano i programmi in cui ristrutturavano le case e quelli di cucina, quindi scelsi un canale di cucina. Se non si fosse addormentata subito, avrebbe scelto qualcosa da sola.

"Andiamo, bello," dissi a Henry, attraversando il soggiorno per mettermi di nuovo gli scarponi.

Una volta fuori, rimasi fermo in un punto fisso a lanciare ancora e ancora e ancora la pallina per Henry. Gli era venuta una botta di energia e correva come un folle, con la lingua che svolazzava fuori dalla bocca.

La sua routine era sempre la stessa; dopo aver giocato per un po', si nascondeva tra gli alberi per una pausa bagno. Poi tornava subito da me, lasciando la palla ai miei piedi, e ricominciavamo da capo. Quando finalmente cominciò a rallentare e stancarsi, lo portai dentro per la cena. Rachel aprì gli occhi quando entrammo in casa e ci salutò con un gesto debole della mano, rimanendo immobile.

Dopo aver dato la pappa a Henry, mi misi al lavoro in cucina. Tagliai cipolle e aglio, e li feci saltare in padella, mentre il pollo scongelava in una ciotola di acqua calda. Non ci voleva molto a preparare del brodo di pollo e dei ravioli. Non trovando altre verdure fresche, optai per un mix di verdure surgelate. Dopo aver aggiunto dragoncello, pepe e un pizzico di sale al brodo, preparai i ravioli e li lasciai cuocere a fuoco lento nel liquido.

Un suono strozzato mi raggiunse dal soggiorno, quindi mi voltai e vidi che Rachel stava provando ad alzarsi dal divano.

"Non ti muovere," le dissi. "Ti porto tutto lì."

"Devo fare la pipì," mormorò, con una risata che si trasformò ben presto in un attacco di tosse.

Spensi il fornello e la raggiunsi. Aveva già attraversato mezza stanza, ma si era fermata per tossire.

"Hai sentito Charlie?" le chiesi, portandole un braccio attorno alla vita per reggerla in piedi.

"Sa che sto male perché non sono andata al lavoro. È giusto un raffreddore," mi rispose, tra un colpo di tosse e l'altro.

"Sarà, ma a me sembra piuttosto grave."

"Non prendo antibiotici. E poi Charlie non me li consiglierebbe comunque. Vengono usati anche troppo. In caso di raffreddore, la cosa migliore da fare è riposare e bere molto," affermò, col fiato corto.

"Non ti stavo mica consigliando di prendere degli antibiotici. Però magari dovresti farti almeno visitare."

Raddrizzò la schiena e fece qualche altro passo. Che le desse fastidio o meno, non mi importava. L'avrei accompagnata in bagno comunque. Era palesemente debole e faticava a camminare da sola.

La portai dentro e poi mi guardò. "Non ti voglio qui mentre faccio pipì," annunciò, sollevando il mento.

Mi scappò da ridere e vedere la solita Rachel mi rassicurò. "Tranquilla, resto fuori."

Alzò gli occhi al cielo e mi superò, quindi la lasciai sola e mi chiusi la porta alle spalle, appoggiandomi contro la parete nell'attesa. Henry sollevò la testa dalla sua poltrona preferita, lo sguardo preoccupato. Ero assolutamente convinto che anche i cani percepissero le emozioni umane, per quanto alcuni lo trovassero folle. Henry aveva senz'altro capito che la sua padrona non si sentiva bene.

Qualche minuto dopo, sentii l'acqua dello sciacquone e il rubinetto del lavandino. La porta si aprì e Rachel apparve con aria sfinita, come se attraversare il bagno le avesse succhiato di nuovo tutte le energie. Il colorito febbrile le tingeva la pelle pallida. Vederla così mi faceva male al cuore e speravo guarisse al più presto.

Non oppose alcuna resistenza quando la afferrai di nuovo e la accompagnai al divano, dove la feci sdraiare sui cuscini e le rimboccai le coperte.

"Non so cosa stai cucinando, ma c'è un profumino delizioso. Ed è tutto dire, dato che non sento bene gli odori," commentò, la voce ruvida e stanca.

Con un sorriso, le stampai un bacio sulla fronte. "Brodo di pollo con ravioli. Arriva subito."

Mi indicò il vassoio pieghevole e lo posizionai accanto a lei. Dopo averle portato una ciotola di cibo e un'altra tazza di tè, preparai il mio piatto e la raggiunsi sul divano.

"Oddio," mormorò, tra un morso e l'altro. "È buonissimo. Vorrei che le mie papille gustative non facessero i capricci, perché è davvero delizioso ma riesco a gustarmelo molto poco."

"Meno male. Devi riempirti lo stomaco."

Dopo aver mangiato, si abbandonò sui cuscini con un sospiro e chiuse gli occhi. Tornai dunque in cucina, lavai i piatti e misi tutto in ordine. Avevo preparato abbastanza brodo perché le durasse per qualche giorno. Tornai a sedermi al suo fianco e riaprì gli occhi.

"Se resti con me, rischi di ammalarti," disse, prima dell'ennesimo attacco violento di tosse."

"Non vado da nessuna parte, dolcezza. Se mi ammalo, pace. Ma non voglio lasciarti da sola in queste condizioni. E poi Henry ha bisogno di qualcuno che lo porti fuori."

Avevo aggiunto quell'ultimo commento perché probabilmente si preoccupava più del suo cane che di se stessa.

Le sfuggì un sospiro tremulo. "Hai ragione. Grazie per l'aiuto con Henry."

Si addormentò presto, con i rumori della televisione in sottofondo. Io, invece, avevo tutte le intenzioni di rimanere al suo fianco finché non si sarebbe sentita meglio.

Capitolo Trentuno

RACHEL

Mi svegliai nel cuore della notte, scossa da un altro attacco di tosse. Il disorientamento iniziale svanì quando mi resi conto di essere rannicchiata contro il petto di Remy, sotto strati di coperte calde. Prima del suo arrivo, ondate di brividi freddi avevano impedito al calore di insinuarsi nel mio corpo, nonostante bruciassi per la febbre.

Stretta contro l'ammasso di muscoli forti e caldi, finalmente avevo raggiunto la temperatura corporea perfetta. La parte peggiore era passata, molto probabilmente per merito delle medicine. Sentivo comunque la febbre che attendeva, sotto la superficie, di attaccarmi di nuovo.

Ero stanchissima e tanto debole. Odiavo dover dipendere da qualcuno, ma allo stesso tempo ero proprio grata a Remy che si fosse presentato da me in quel momento di bisogno. Sollevai piano la testa e mi guardai intorno. La luce del bagno era rimasta accesa, probabilmente di proposito, e proiettava un bagliore soffuso nel soggiorno. Henry dormiva profondamente sulla sua poltrona preferita. La televisione era spenta e regnava il silenzio più totale.

Un altro colpo di tosse minacciò di salire alla gola e non riuscii a trattenerlo. Nel giro di pochi secondi, un altro attacco mi scosse tutta, tanto violento che facevo fatica a respirare. Il corpo di Remy si irrigidì e capii che doveva essersi svegliato. "Vado a prendere lo sciroppo per la tosse."

Scossi la testa, tra un colpo di tosse e l'altro. "Non voglio che ti allontani," gli dissi, sentendomi vulnerabile per averlo ammesso a voce alta, ma stavo troppo male comunque per preoccuparmene.

"Torno subito," affermò, spostandomi con cura di lato. Scivolò dunque via e tornò un attimo dopo, con un misurino di sciroppo. Lo presi subito e lo finii in un sorso.

"Che schifezza," commentai, la voce roca.

Remy mi porse subito un bicchiere d'acqua, che sorseggiai molto volentieri per scacciare il sapore amaro della medicina che mi era rimasto in gola.

"Già, però ti aiuterà con la tosse."

Proprio come promesso, tornò con me sul divano e mi strinse al suo forte petto, avvolgendo le coperte attorno ai nostri corpi. Dopo un altro breve attacco di tosse, poggiai la testa sulla sua spalla con un sospiro. "Non hai caldo?" mormorai.

"Non preoccuparti per me, dolcezza."

Assaporai le vibrazioni della sua voce contro l'orecchio e mi addormentai ben presto, pensando che avrei potuto farci l'abitudine.

————

Quasi una settimana dopo, ero seduta sul divano a guardare distrattamente un programma di cucina.

Remy non c'era perché era partito con la squadra. Io avevo chiamato in ufficio perché potessi tornare a lavorare, ma Charlie e il dottor Johnson avevano insistito perché aspettassi che mi passasse la tosse.

Avevo provato a oppormi, perché in fondo non avrei più contagiato nessuno, ma ogni mio tentativo era stato vano. Remy era via da soltanto due giorni e aveva cominciato a mancarmi dopo neanche un'ora che mi aveva lasciata. Nonostante le pessime condizioni, mi ero comunque resa conto di quanto mi avesse aiutato e mi fosse stato vicino in quel momento così disperato.

Ovviamente, sarei sopravvissuta anche senza di lui, ma il suo brodo di pollo con i ravioli era stata una vera manna dal cielo. Pensare a tutti i tè che mi aveva preparato e a tutte le volte che si era fermato a misurarmi la febbre mi gonfiava il cuore.

La notte prima, finalmente di nuovo in forze, ero riuscita a farmi una doccia. Iniziavo a sentirmi di nuovo un essere umano e mi era rimasta soltanto un po' di tosse, con una leggera congestione nasale.

Nel frattempo, però, non sapevo come passare il tempo. Remy era a Fairbanks per un addestramento che sarebbe durato tre giorni. Si era offerto di restare al mio fianco e saltarlo, ma non gliel'avrei potuto permettere. Anche se in realtà avrei preferito averlo lì con me. Da morire.

Era via già da due notti e mi scriveva più volte al giorno. Mi mancava e sentivo come un groviglio di emozioni dentro. Sarei uscita a breve per una serata di carte a casa di Holly. Un tempo le organizzava nel suo appartamento, ma si era recentemente trasferita da Nate. Holly era un'altra delle mie amiche che era riuscita a trovare il vero amore.

Ero felicissima per lei, però anche io avrei tanto

voluto smuovere un po' la mia vita sentimentale. Scuotendo via quei pensieri, mi alzai e andai a farmi una doccia calda, per poi indossare finalmente dei vestiti veri.

Arrivata alla porta, posai la mano sul pomello e mi voltai verso Henry. "Tu fai da bravo, ok?"

Cominciò a scodinzolare, ma cambiò atteggiamento in un lampo. Drizzò le orecchie e sollevò la testa, al che notai che aveva anche il pelo sul collo ritto. Un senso di terrore mi travolse e una profonda angoscia mi chiuse lo stomaco.

Lanciai un'occhiata fuori e vidi un alce che passeggiava sul vialetto di casa. Incredibilmente sollevata, tirai un sospiro. Sinceramente, temevo il peggio.

Henry trotterellò alla finestra e poggiò il muso sul davanzale, seguendo con lo sguardo l'animale che scompariva tra gli alberi. Mi allontanai dunque dalla porta e andai da lui, cominciando a grattarlo dietro le orecchie. Dopo averlo coccolato per bene, mi voltai con la sua coda che mi batteva sulle gambe.

Che fosse un alce o Bruce, Henry mi avvertiva sempre quando fuori c'era qualcuno.

Holly e Nate vivevano dalla parte opposta di Willow Brook. Passando per il paese, mi fermai al supermercato per comprare del vino e delle patatine. Mentre sceglievo tra gli scaffali, un brivido mi pervase la schiena. Senza neanche bisogno che mi voltassi, avvertii la presenza di Bruce. Quella vecchia paura tornò tutta d'un colpo, però quella volta, stranamente, venne accompagnata da un calmo senso di rabbia.

Dopo un bel respiro, girai la testa e lo trovai a neanche tre metri da me. Non mi stava guardando, ma ero assolutamente certa che mi avesse notata. "Bruce, dacci un taglio," dissi piattamente.

Sollevò lo sguardo e mi fermai un attimo a osservarlo. I capelli castani erano molto corti e l'azzurro dei suoi occhi risaltava particolarmente. Era un uomo in forma ed era terribile il modo in cui usava la sua forza.

Nonostante tutto, comunque, era davvero molto bello. Finalmente avevo capito che ciò che mi aveva attratta di lui non era stato altro che il suo fascino superficiale. Ma non appena aveva cominciato a togliersi la maschera, quel fuoco che avevo dentro si era estinto in fumo.

"Ma che cazzo vuoi, Rachel? Se ti azzardi a chiamare la polizia perché sto facendo la spesa, è una troiata bella e grossa," mormorò, lo sguardo inespressivo.

Riuscivo a percepire un'aura familiare che sprigionava, il desiderio di tirarmi fuori una reazione. Sapevo che non aspettava altro. Nonostante la paura che mi serrava lo stomaco, non reagii in alcun modo. Non gli avrei permesso di farmi ancora quel solito effetto, di comandare le mie emozioni. Era un uomo meschino e violento, e dovevo liberarmi dalla sua presa.

Una coppia entrò nella corsia, alle sue spalle, chiacchierando amabilmente. Nel frattempo, sentivo una madre che discuteva con il figlio sugli snack da acquistare. Sapevo che non eravamo soli, il supermercato brulicava di gente. Indipendentemente dal nostro passato, lì dentro ero al sicuro. Quella consapevolezza mi riempì di un insolito coraggio.

"Non spetta a me passare il tempo a evitarti, sei tu che devi starmi lontano. Se pensi anche solo lontanamente che la tua presenza in paese possa turbarmi in qualche modo, allora ti sbagli."

Il suo sguardò si indurì. Mi osservò attentamente e riuscivo a percepire una certa sorpresa. Feci un bel respiro profondo e, a testa alta, mi aggrappai a quella forza che avevo ritrovato dopo averlo lasciato.

"Ti suggerisco di andartene da Willow Brook. Molla qui la tua ragazza e lasciala in pace. È un paesino molto piccolo e qui la gente non dimentica."

Dopo una breve pausa, mormorò qualcosa sottovoce.

"Come scusa?" gli domandai.

"Vaffanculo, Rachel."

Si voltò e se ne andò. Dentro di me, per qualche motivo, sapevo che non mi avrebbe mai più importunata. Il suo potere e la sua manipolazione funzionavano soltanto sui più deboli. Per quanto stessi ancora rimettendo insieme tutti i pezzetti della mia vita e sapessi che quelle cicatrici che mi aveva lasciato non sarebbero mai scomparse, finalmente ero davvero libera.

Non potevo cancellare il passato e i miei errori, ma potevo almeno sciogliermi dalle sue catene.

———

"Maledizione!" esclamò Lucy, gettando le sue ultime carte sul tavolo mentre guardava un poco infastidita Maisie.

"Lo sappiamo, detesti perdere," affermò Amelia beffardamente.

"E poi hai vinto giusto poco fa," aggiunse Maisie.

Lucy alzò gli occhi al cielo. Proprio come aveva fatto notare la sua migliore amica, Lucy odiava perdere. Maisie era un vero asso con le carte e di solito vinceva sempre lei. Il divertente era che, quando Lucy riusciva davvero a vincere, sospettava che fosse soltanto per merito di Maisie.

Eravamo sedute agli sgabelli attorno all'isola della cucina, a casa di Holly e Nate. Tra una partita e l'altra di carte, sgranocchiavamo qualche snack e sorseggiavamo i nostri drink. E parlavamo. Oh, quanto parlavamo. O meglio, più che chiacchierare passavamo il tempo a spettegolare.

Con un sorrisetto, Holly posò una ciotola di guacamole fatto in casa sul ripiano e poi si accomodò al mio fianco. "Stasera ho vinto anche io," disse facendo l'occhiolino.

Lucy si strinse nelle spalle, avendo già superato la delusione della sconfitta.

"Senti, Rachel, dicci un po'... Come vanno le cose con Remy?" mi domandò Holly, prendendomi completamente alla sprovvista.

Per guadagnare un po' di tempo, immersi una *tortilla chip* nel guacamole e cominciai a masticarla lentamente. Sicuramente le mie amiche erano molto curiose di conoscere meglio la situazione, dato che ci preoccupavamo tutte quante della vita sentimentale, o la mancanza di essa, delle altre.

Charlie, seduta davanti a me, fissò i suoi occhi luccicanti nei miei. Sapeva che Remy mi era rimasto accanto durante i giorni di malattia. Mi aveva anche suggerito di confessargli i miei sentimenti, perché mi stavo sicuramente facendo troppi problemi inutili.

Guardai Holly, con una scrollata di spalle. "Va tutto bene. Dovrebbe tornare domani. L'ultima volta che l'ho visto stavo male, quindi..." Non completai la frase.

Ma ci pensò Charlie ad aiutarmi. "Remy è venuto a trovarti e si è preso cura di te. Ti ha preparato un brodo di pollo e mi ha chiesto di venire a controllare che non avessi la febbre troppo alta."

Amelia sollevò le sopracciglia. "Oh, cielo. Quindi..."

"Fate sul serio," concluse Lucy.

"L'ho saputo anche io. Per questo ero curiosa. Credo che Remy provi davvero qualcosa per te e saresti una vera scema se non ti ci buttassi subito. Quando ancora continuavo a negare i miei sentimenti per Nate, ho provato a farmi piacere Remy. Alla fine, però, non riuscivo ad andare oltre la superficie. È oggettivamente un bel ragazzo, ma non mi faceva nessun effetto," mi spiegò Holly, con sguardo di intesa.

"Oddio, ma da quant'è che parlate di noi due?"

"Beh, pensa un po' a quando voi parlavate di me e Nate, ecco," rispose lei, con un'alzata di spalle.

Lucy trattenne una risata. "So che qui odiamo tutte il gossip, ma tra di noi non conta."

"Non è gossip se teniamo davvero l'una all'altra. E in questo caso vogliamo solo che succeda qualcosa tra lei e quel figaccione di Remy," aggiunse Amelia.

Spostai lo sguardo sulle mie amiche impiccione e sospirai. "Piano piano sto trovando il coraggio. Diciamo che tra la febbre e la tosse non ho trovato il momento giusto, ecco. E poi ancora non so neanche cos'è che vuole."

"Oh, Remy vuole te," replicò Maisie tornando dal bagno, che a quanto pare non si era lasciata sfuggire nulla.

"Ma come puoi esserne così sicura?" le chiesi.

"Perché ho visto come ti guarda. Fattene una ragione," disse con fermezza, sedendosi di nuovo al suo sgabello prima di prendere una *tortilla*.

Incrociando i loro sguardi, trattenni un altro sospiro. Quella breve interazione con Bruce al supermercato mi aveva dimostrato che finalmente ero riuscita a superare almeno in parte ciò che mi aveva fatto, ma ancora non ero certa di quanto mi sentissi pronta ad appoggiarmi a Remy.

Onestamente, non era una conversazione che avrei voluto fare con tutto il gruppo. E così, alzai gli occhi al cielo e provai a rassicurarle. "Lo so benissimo che

Remy è super sexy ed è pure un buon partito. E poi è pure un ottimo cuoco. Il brodo di pollo con ravioli che mi ha preparato era delizioso, anche se non sentivo bene i sapori."

Che avessero notato o meno il mio tentativo di evitare di entrare più a fondo nell'argomento, le mie care amiche lasciarono correre.

Capitolo Trentadue

RACHEL

Il giorno seguente, attendevo con ansia un messaggio di Remy e continuavo a controllare in modo ossessivo il cellulare, mentre ero nel mio ufficio. Le altre volte che era partito per lavoro mi aveva sempre informata del suo ritorno.

Il suo silenzio riportò a galla quei vecchi dubbi e insicurezze, che mi tormentavano ricordandomi che una persona così splendida come Remy molto probabilmente non avrebbe mai voluto nulla di serio con me. Magari voleva soltanto sesso e quando aveva scoperto che stavo male si era presentato da me per cortesia.

Ma in un angolo remoto della mia mente, c'era una vocina più sommessa che solitamente veniva sovrastata da quella stridula e scettica. Quella vocina provò a ricordarmi le sensazioni che provavo quando eravamo insieme... l'intensità, l'intimità, il legame quasi etereo, che trascendeva qualunque forma fisica.

Potendo tornare al lavoro, almeno avevo modo di distrarmi dal cellulare. A fine giornata, infatti, notai che l'avevo smarrito. Controllai nel mio ufficio, ma ogni tanto mi capitava di lasciarlo nelle sale visite quando correvo da un paziente all'altro. Lo trovai, alla fine, nella sala dove tenevamo le cartelle cliniche, a caricare vicino al computer.

Imprecando sottovoce, lo staccai dal caricabatterie, nella speranza di trovare un messaggio di Remy.

E invece, mi apparvero tre chiamate di Maisie e un suo messaggio.

Dove diamine sei finita? Volevo farti sapere che Remy sta molto male e l'hanno dovuto portare all'ospedale appena è tornato.

Fiondandomi lungo il corridoio, feci subito partire la telefonata, a cui Maisie rispose al primo squillo.

"Che diamine è successo a Remy? Mi sto muovendo proprio adesso."

"Pare sia cominciato tutto da una semplice tosse, che però è peggiorata. Ma li conosci, gli uomini. Sono dei veri idioti. Beck mi ha detto che stamattina aveva la febbre alta. Il rientro era già programmato, quindi sono partiti comunque. Remy non era molto contento di dover andare all'ospedale, ma alla fine sono riusciti a convincerlo."

"E poi hai più saputo qualcosa?" le chiesi, prendendo la giacca appesa alla sedia del mio ufficio prima di correre fuori.

"No, soltanto che lo devono visitare. Beck mi ha promesso che mi avrebbe informata di qualunque novità."

"Scommetto che l'ho contagiato io. Mi sento una merda," le dissi, salendo in tutta fretta in auto.

"Avevi un semplice raffreddore. Anche se l'avesse preso da te, non è mica colpa tua se si è ammalato," replicò lei in tutta calma. "Ora devo andare. C'è una chiamata di emergenza."

"Grazie per..." Neanche feci in tempo a finire la frase che aveva già chiuso la telefonata.

Ovviamente non la presi sul personale, data la natura del suo lavoro. Sfrecciai fino all'ospedale, ignorando qualunque limite di velocità, sicura che se qualcuno mi avesse fermata sarei riuscita a convincere Rex a non farmi la multa.

Parcheggiai e corsi dentro l'ospedale, guardandomi furiosamente intorno per orientarmi. Il nostro pronto soccorso era diviso in due sezioni, una per le emergenze gravi e l'altra per i casi meno problematici come quello di Remy. Attraversai di corsa il corridoio, dirigendomi verso il reparto in cui mi aspettavo di trovarlo.

Per puro caso, quel pomeriggio Charlie aveva il turno pomeridiano proprio lì all'ospedale. Intravidi la sua coda di cavallo scura e la chiamai. Sentendo il suo nome, si voltò e mi salutò.

"Hai visto Remy?" le chiesi, saltando completamente i convenevoli quando la raggiunsi.

Il suo sguardo si addolcì. "Stavo giusto per chiamarti. Se la caverà benissimo, ma lo stiamo ricoverando. Si è preso una polmonite virale."

"Oh, mio Dio! Adesso dov'è?"

Indicò col pollice la stanza che aveva alle sue spalle, da cui era appena uscita. "L'ho scoperto soltanto ora, altrimenti ti avrei chiamata prima. Lo trovi qui dentro. Secondo me, è cominciato tutto da un semplice raffreddore. Non sai quanti virus stanno girando per il paese, guarda. Come un vero idiota, è partito comunque in missione e ha lavorato come un matto in un ambiente freddo e umido."

Come feci per superarla, mi afferrò per il gomito. "È esausto." Mi voltai a guardarla, gli occhi colmi di lacrime calde e con l'emozione che mi stringeva la gola. "Stai bene?" mi chiese, in tono affettuoso.

Annuii, sforzandomi di fare un bel respiro profondo. "Sì, sto bene. Non so perché sto dando così di matto," mormorai, con un sospiro tremolante.

"Ha solo bisogno di riposo, medicinali e liquidi in corpo."

Fissandola intensamente, annuii appena. Senza dire nulla, fece scivolare la mano fino alla mia spalla per stringerla dolcemente. "Andrà tutto bene. Vai pure a vederlo. Non credo proprio che vengano a importunarti perché non è orario di visite. In fondo, sei tu," disse con un sorriso tenero.

Proprio in quel momento, qualcuno la chiamò al cercapersone. Stringendomi un'ultima volta la spalla, corse via. Rimasta sola, aprii la porta della stanza di Remy e me la chiusi con cautela alle spalle. Lui giaceva sotto le coperte, gli occhi chiusi. Con una stretta al cuore, mi avvicinai al letto. Appena lo raggiunsi, aprì gli occhi e voltò la testa di lato. Aveva una faccia terribile. La pelle era arrossata per la febbre, gli occhi velati. Doveva essere davvero stremato.

Il mio uomo, il mio forte Remy, aveva perso tutte le sue energie.

"Ehi," dissi dolcemente. Poggiando con attenzione una mano sul suo braccio steso sul materasso, sollevai l'altra per spostargli i capelli dalla fronte. "Quindi alla fine ti ho passato quel raffreddore, eh?"

Un sorrisetto gli incurvò le labbra. "Non saprei. È possibile, ma anche altri due dei ragazzi si sono presi quel brutto raffreddore. Charlie mi ha appena fatto una bella ramanzina e..." Si fermò, bloccato da un violento attacco di tosse.

Guardandomi intorno, notai un bicchiere d'acqua sul vassoio vicino al letto. Ne aggiunsi dell'altra dalla caraffa e glielo porsi quando riuscì a calmarsi. Bevve diversi sorsi e poi si sdraiò di nuovo, ancora più sfinito di prima.

Mi si strinse il cuore. "Beh, cosa ti ha detto Charlie?" gli chiesi, quando ricominciò a respirare normalmente.

"Che non avrei dovuto lavorare così tanto. Dice che, tra il clima e lo sforzo estremo, mi sono preso una polmonite virale. Non ho idea di cosa sia, sinceramente. Vuole farmi passare la notte qui, ma io *non* voglio starci."

"Sì, l'ho incrociata qui fuori e me l'ha detto." Gli spostai di nuovo i capelli dalla fronte, sentendo una fitta al cuore quando sfiorai la pelle bollente. "Charlie non si fa mai prendere dal panico, quindi se vuole tenerti qui per la notte, significa che ne hai bisogno."

Remy si abbandonò sui cuscini con un sospiro, che parve bruciargli un poco i polmoni. "Certo. Parli proprio tu, che quando ti sei ammalata non volevi neanche farti visitare da un dottore."

"Vuoi del tè?" gli chiesi, ignorando la frecciatina.

"Voglio andare a casa, ecco cosa voglio. Non c'è bisogno che stai qui a prenderti cura di me. E neanche le infermiere," mormorò.

Lo guardai male. "Io non vado da nessuna parte. Non mi hai risposto. Il tè lo vuoi o no?"

Lasciò il bicchiere sul vassoio e annuì. "Forse mi darà un po' di sollievo in più alla gola."

Come mi girai per allontanarmi dal letto, mi afferrò la mano. Voltai la testa e il fiato mi si bloccò in gola. Nonostante fosse ammalato, visibilmente esausto e probabilmente in condizioni pessime, quell'uomo riuscì comunque a lanciarmi una di quelle sue occhiate sexy e ardenti che parevano bruciarmi la pelle.

"Mi sei mancata," disse dolcemente, prima di un altro attacco di tosse.

Quando finì, gli diedi il bicchiere pieno. Nel frattempo, il mio cuore batteva all'impazzata contro le costole. "Mi sei mancato anche tu.

Resse il mio sguardo, con un'intensità negli occhi che mi tolse il fiato. E poi, ricominciò a tossire.

"Vado a prenderti un tè e chiedo a Charlie se può darti qualcosa per la tosse," gli dissi, quando si calmò di nuovo.

Capitolo Trentatré

REMY

Due settimane intere dopo, riposavo sul divano di casa mia in compagnia di Henry e Rachel, lui raggomitolato ai miei piedi e lei indaffarata in cucina. Avevo scoperto ben presto che la polmonite era una bella gatta da pelare. Essendo stato probabilmente il peggior paziente della carriera di Charlie, mi aveva dimesso dopo una notte soltanto. Voleva che mi idratassi a sufficienza e che prendessi qualcosa per alleviare la tosse.

Mi aveva ordinato, in modo alquanto austero, che dovevo assolutamente riposare. In realtà non era nei miei piani, avevo intenzione di prendermi giusto qualche giorno di pausa e aspettare di ricaricare le energie per poter tornare al lavoro. Però, alla fine, mi ero soltanto illuso. Soltanto dopo una settimana intera avevo ritrovato quel poco di energie per fare almeno il minimo indispensabile, ovvero dormire e svegliarmi il tanto da mangiare e coccolare Rachel sul divano.

Rachel aveva insistito per riaccompagnarmi a casa dall'ospedale. All'inizio mi aveva portato da lei, ma dopo la prima notte ci eravamo spostati a casa mia, più spaziosa e comoda per tutti e tre. Finalmente, aveva ammesso che voleva vendere la sua casa perché conteneva troppi ricordi di Bruce.

Ancora non me n'ero assicurato, perché troppo stanco, ma avevo come l'impressione che avesse riorganizzato tutta la mia cucina. Per quanto fossi un cuoco discreto, non mi ero mai preoccupato minimamente dell'organizzazione della stanza. Rachel, invece, preferiva avere tutto al posto "giusto". Durante i primi giorni, aveva dovuto fare affidamento su di me per trovare praticamente qualunque cosa. Dopo qualche predica da parte sua, le avevo dato carta bianca per fare tutto quello che voleva.

"Come te la passi?" mi chiese, abbassando la temperatura sotto una larga pentola in acciaio inox.

"Tutto bene, dolcezza, tutto bene. Che prepari?"

"Altro pollo con ravioli," rispose.

La sua versione era assolutamente divina. Aveva cambiato un po' di cose, ma da quando ero uscito dall'ospedale mi aveva costretto a vivere praticamente solo di zuppa.

Non che potessi lamentarmi. Affatto. Quella donna era proprio una cuoca eccezionale. Ero convinto che sarebbe riuscita a preparare perfino un piatto delizioso di acqua calda.

"Mentre riposavi ho preparato anche del pane fresco," aggiunse.

"Oh, è quel profumino che sento, allora?" Accarezzai la testa di Henry e mi alzai dal divano, avviandomi verso la cucina per indagare.

Negli ultimi giorni avevo ritrovato le forze per reggermi in piedi per almeno qualche minuto di fila. Arrivato in cucina, il profumo di pane fresco mi assalì.

"Che profumo divino," mormorai, mettendomi alle

spalle di Rachel per prenderla tra le braccia e tempestarle il collo di baci.

Non facevamo sesso ormai da troppo tempo. In quel momento, il mio corpo reagì subito al contatto col suo sedere morbido e mi venne duro nel giro di pochi secondi.

"Il tuo profumo è ancora più buono," aggiunsi, stampandole qualche altro bacio sul collo per poi mordicchiarle il lobo dell'orecchio.

Rachel ridacchiò. "Fai da bravo," mi ordinò. "Non sei ancora al cento per cento."

Allungai la mano e spensi il fornello, poi presi il mestolo che stava usando e lo posai sul bancone.

"Non ho bisogno di essere al cento per cento, dolcezza."

"Remy, non..." Si fermò di colpo quando la voltai tra le mie braccia e le palpai il sedere, cominciando a strofinare l'erezione contro di lei. Arrossì violentemente e aprì la bocca in una deliziosa O.

"Che stavi dicendo?"

Aveva i capelli raccolti in una coda morbida, con alcune ciocche che le incorniciavano il viso. Indossava un paio di pantaloni da casa che le ricadevano bassi sui fianchi e una maglietta a maniche lunghe. Un outfit che quasi nessuno avrebbe trovato sexy. Tranne me.

Facendo scivolare una mano sotto la maglietta, dovetti trattenere un grugnito al contatto con la sua pelle setosa. Lentamente, passai la curva del ventre e raggiunsi il seno. Il capezzolo turgido premeva contro la seta del reggiseno, quando lo strinsi tra pollice e indice. Mi strofinai ancora una volta contro di lei.

"Non mi hai risposto," la provocai.

Un lieve gemito le sfuggì dalle labbra. "Non sei ancora nel pieno delle forze."

"Beh, io mi sento piuttosto bene. Anzi, ti dirò, mi sento già molto meglio."

Sussultò come slacciai il gancio tra i seni e mi scappò un grugnito gutturale quando la carne soffice e calda si abbandonò pesante sul palmo della mia mano.

"Devi mangiare," mormorò, per poi lanciare un urletto soffocato quando chinai la testa e passai i denti sulla pelle morbida del suo collo.

Ormai il suo corpo lo conoscevo molto bene. Avevo imparato a memoria tutte le sue zone erogene. Tra quelle, c'era un posticino in particolare sulla curva del collo, mentre i capezzoli erano incredibilmente sensibili.

"Possiamo mangiare dopo," mormorai, catturando le sue labbra in un bacio. Rachel sospirò e la sua bocca dolce e calda accolse la mia lingua, che cominciò a danzare con la sua.

Perfetto.

Un'ondata di desiderio mi travolse e sapevo che non potevo più fermarmi. Forse era davvero passato troppo tempo. Ero in astinenza da giusto qualche settimana, ma a me sembrava essere passata un'eternità. In fondo, Rachel non mi bastava mai.

Feci un passetto indietro e le abbassai pantaloni e mutandine insieme. Lanciò un urlo quando infilai una mano tra le cosce, trovandola calda e pronta per me, già bagnatissima per l'eccitazione.

Dovevo spogliarla perché dovevo vederla completamente nuda. Con molta poca delicatezza, lanciai via anche la maglietta. Nuda davanti a me, feci scorrere lo sguardo sul seno abbondante e le curve dei fianchi. Sfregò le cosce e il leggero suono della sua eccitazione mi fece quasi perdere la testa. Senza perdere altro tempo, cominciai ad accarezzarla in quel punto tanto sensibile.

Chinai la testa e stuzzicai un capezzolo con la lingua, succhiando appena e strappandole un grido deliziato. Probabilmente non avevo ancora raggiunto il cento per cento, proprio come aveva detto Rachel, ma non ebbi alcun problema a sollevarla sul bancone e divaricarle le gambe. Chinai lo sguardo e venni accolto dalla visione celestiale del suo sesso rosa e gonfio, luccicante per gli umori.

Qualche bacio nell'interno coscia bastò a farla sciogliere. Avrei voluto prendermela con calma, ma il desiderio era troppo impellente. Affondai il viso tra le gambe, assaporando il suo sapore leggermente salato mentre il profumo muschiato mi invase le narici. Quando affondai due dita nel canale stretto e cominciai a succhiare delicatamente il clitoride, l'orgasmo la travolse con forza, strappandole un urlo.

Neanche feci in tempo a sollevarmi, che aveva già cominciato a slacciarmi i jeans per liberare l'erezione. Mi cinse dunque la vita con le gambe e si spinse verso di me, accogliendomi nel suo sesso caldo. Rischiai di venire all'istante. Dovetti costringermi a rimanere fermo immobile e poggiai la fronte alla sua.

Rachel ridacchiò. "Beh, vedo che stai davvero meglio."

"Te l'avevo detto," risposi, la voce ruvida. Fermi in quella posizione così intima, sentivo il battito del suo cuore contro il mio petto. Un vortice di emozioni mi travolse.

"Nel caso non te ne fossi ancora resa conto, ti amo."

Rachel non disse nulla, il fiato corto. Che fosse pronta o meno a sentirselo dire, non potevo continuare a tenermelo dentro. Dopo un istante, mormorò. "Guardami."

Sollevai la testa e trovai i suoi occhi azzurri in

attesa, che brillavano di vulnerabilità ed emozioni forti. "Ammetto che ancora non ne ero convinta, no, però sono assolutamente certa che *io* ti amo."

Catturai le sue labbra in un bacio e mi ritrassi un poco per spingermi di nuovo il lei. Quel desiderio selvaggio e irrefrenabile si era presto trasformato in una sessione passionale di sesso sul bancone della cucina. O meglio, stavamo facendo l'amore.

Con le sue gambe ancora strette attorno alla vita mentre affondavo in lei, ogni respiro e ogni battito del cuore riecheggiava il suo nome.

Un piacere intenso mi cresceva dentro, la pressione mi travolgeva come un'onda, finché una scarica elettrica incandescente non si disperse dalla base della spina dorsale per poi attraversare tutto il corpo. L'urlo di Rachel anticipò di poco il mio, il mio nome un grido strozzato che riecheggiava nell'aria mentre si stringeva con forza attorno al mio membro, che si riversava in lei.

Alla fine, Rachel mi guardò e rise piano. "Com'è che io sono tutta nuda, mentre tu sei ancora vestito?"

Scrollai le spalle. "Ero di fretta."

Dopo esserci sciolti dall'abbraccio, Rachel si rivestì e si sedette con me sul divano, per gustarci il brodo e il pane fresco. Mi addormentai più tardi, il suo corpo caldo contro il mio, con la consapevolezza di essere l'uomo più fortunato del mondo.

Capitolo Trentaquattro

RACHEL

Varcai la soglia del Firehouse e lo trovai discretamente affollato. Nonostante le mattinate primaverili ancora fredde, i turisti avevano cominciato a riempire i diversi paesini dell'Alaska. L'estate non era ancora arrivata, ma allo sciogliersi della neve i visitatori approfittavano subito delle strade libere per viaggiare per lo stato.

Grazie alla vicinanza ad Anchorage e alla costa incontaminata poco distante, anche Willow Brook veniva invasa relativamente presto. Mi misi in coda e guardai la sala. Vidi qualche volto familiare, ma potevo già notare un certo cambiamento di clientela.

Ero passata a prendere il pranzo per la clinica, quindi avevo una lista di caffè e panini da acquistare. Janet, dietro al bancone, incrociò il mio sguardo e mi fece l'occhiolino. Un istante dopo, riportò l'attenzione sul cliente a cui consegnò un caffè per poi farlo pagare alla cassa.

"Ehi," disse una voce alle mie spalle. Mi voltai e trovai Maisie, che si stava spostando alcuni riccioli dagli occhi.

"Ciao a te. Sei qui per il pranzo?" le chiesi.

"Sì, e devo prendere qualcosa anche per Rex. Stamattina ha dimenticato di prendere quello che gli ha preparato Georgie, quindi mi ha chiesto questo favore. Oggi Em sta lavorando, dato che a scuola c'è riunione del collegio docenti. Ne ho approfittato per farla allenare un po' come centralinista. Con l'aiuto di Rex, non avrà problemi."

La campanella sulla porta tintinnò di nuovo. Mi voltai e il battito cardiaco mi schizzò alle stelle quando vidi Remy che entrava nel locale. Appena il suo sguardo si posò su di me, il mio cuore fece un balletto felice e un senso di calore si sprigionò in tutto il corpo dall'apice delle cosce.

Maisie si girò e sorrise. "Ehilà, Remy. Prendi il caffè per i ragazzi?"

Con un sorriso, annuì e si mise al mio fianco. Senza esitazione, si chinò a baciarmi sulle labbra, per poi avvolgermi un braccio attorno alla vita e stringermi a sé. Era passato un mese dalla malattia e ormai mi ero praticamente trasferita da lui.

Il fine settimana precedente, aveva insistito per aiutarmi a trasportare a casa sua i miei vestiti e tutto quello che volevo portare con me dalla cucina, ritenendo assurdo che ogni paio di giorni dovessi fare un salto a prendere il cambio.

"Ehi," gli dissi, incrociando il suo sguardo caloroso, che mi fece venire le farfalle allo stomaco.

"Ehi," rispose. "Che ci fai qui?"

"Prendo il pranzo e il caffè per i colleghi."

"Ignorami pure, mi raccomando," gli disse ridendo Maisie.

Remy la guardò con un sorriso. "Scusami. Sì, oggi tocca a me."

"La prossima volta, prima chiama me, ok?" replicò lei, con un sorriso.

Remy mi strinse dolcemente il fianco. Da quando avevo smesso di lottare contro i miei sentimenti, avevo scoperto che Remy amava le dimostrazioni di affetto. Era a dir poco possessivo, ma la cosa non mi pesava affatto. Non possedeva quella gelosia maligna e quell'avidità che aveva tirato fuori Bruce durante la nostra relazione. Con Remy, era come se fossimo avvolti in una bolla accogliente di intimità.

Chinò di nuovo la testa e mi stampò prima un bacio sulla guancia e poi uno su ciascun angolo della bocca. Porca miseria, quei baci mi facevano sempre sciogliere. Anche se ci trovavamo nel bel mezzo del Firehouse, circondati da tante persone e con una delle mie migliori amiche accanto, in quel momento per me esisteva soltanto Remy.

La risata di Maisie mi riportò alla realtà. "Ehi, guardate che state bloccando la fila."

Mi voltai e notai che, effettivamente, si era creato uno spazio abbastanza largo tra di noi e il resto della fila, e che nel frattempo era entrata altra gente. Sentivo le guance in fiamme, ma mi strinsi nelle spalle e avanzai, così come fece Maisie.

"Siete proprio ridicoli," affermò lei, con un sorriso.

Remy non rispose neanche, ma ci pensò Janet quando raggiungemmo il bancone. "Tu e Beck non siete certo da meno," commentò, alzando gli occhi al cielo.

Maisie non si scompose. "Ora che ci sono i bambini, le cose sono cambiate. È difficile essere così romantici."

"Non dire stronzate. Quello lì non riesce a toglierti le mani di dosso, neanche al lavoro," replicò Remy con una risata.

Dopo aver ricevuto gli ordini, Maisie corse via per non fare tardi, mentre Remy mi accompagnò alla macchina. In una mano reggeva una busta di panini, con sopra un vassoio di caffè che restava miracolosamente in equilibrio. Ma riuscì comunque ad aprirmi la portiera.

Dopo aver allacciato la cintura, lo guardai e mi baciò, invadendo la bocca con la lingua. Il bacio si fece subito intenso e passionale, e mi trasportò in un'altra dimensione. Venni riportata violentemente sulla Terra al suono di uno sportello che si chiudeva con forza.

Baciare Remy era come gettarsi in un incendio devastante che consumava tutto quanto con le sue fiamme incandescenti. Ero ancora convinta che prima o poi quella sensazione sarebbe scomparsa. Magari un giorno. Ma per il momento, invece, non faceva che peggiorare.

"Stanotte," mormorò, le sue parole una dolce promessa.

EPILOGO
Rachel

Sei mesi dopo

"Henry!" lo chiamai, quando corse via all'improvviso. Ci trovavamo su uno dei miei sentieri preferiti per una corsetta pomeridiana. Si era ormai fatto autunno ed era arrivato un certo freddino pungente.

L'autunno in Alaska durava giusto un battito di ciglia. L'esplosione di colori nell'aria e sul terreno veniva presto sostituita dal bianco della neve, che ammantava il panorama.

Con la coda dell'occhio intravidi il manto dorato di Henry, quindi aumentai ulteriormente il passo. Ormai aveva imparato a non allontanarsi troppo durante le corse, ma ogni tanto aveva ancora i suoi momenti.

Voltai un angolo e scivolai su alcune foglie umide che nascondevano una pozza di fango. Caddi sul terreno, ma per fortuna non incontrai nulla di duro. Sollevai lo sguardo davanti a me e vidi Remy, con Henry che gli girava attorno alle gambe.

"Oh, potevi dirmelo che saresti passato anche tu," gli dissi.

Remy alzò la testa e riuscì come al solito a lasciarmi senza fiato. Santo cielo. Era davvero bellissimo e sexy. Con aria preoccupata, mi venne incontro. Con i raggi del sole che filtravano tra i rami mentre scendeva all'orizzonte, sfumature dorate si riflettevano sui capelli di Remy, creando giochi di luci e ombre sul suo viso.

Si muoveva con una grazia naturale, ondeggiando le braccia mentre la maglietta attillata metteva in risalto i muscoli delle spalle. Mi raggiunse e si chinò al mio fianco. "Non sapevo fossi già qui. Stai bene?"

"Sì, tutto bene. Mi sono solo infangata un po'."

"Giusto un po'?" mi chiese divertito, con un sorriso sulle labbra.

I sorrisi di Remy mi facevano sempre venire le farfalle nello stomaco. Mi porse dunque la mano, che afferrai con la mia tutta sporca di fango. "Però così ti sporchi."

"Non c'è problema, dolcezza," rispose, aiutandomi ad alzarmi.

Così, mi strinse tra le braccia e mi lasciò andare la mano per palparmi il sedere. "Sai, ho proprio voglia di vedere una bella impronta infangata su questo tuo bel culetto," mormorò, prima di baciarmi.

Ero lì, nel bel mezzo del bosco, la schiena tutta sporca di fango e Remy che mi baciava con passione, riuscendo a farmi sentire la donna più sexy del mondo perfino in quelle condizioni.

Era la sua specialità. Bastava un suo sguardo, un tocco, un bacio.

Ogni.

Singola.

Volta.

Quando mi lasciò andare, quasi mi cedettero le ginocchia, mentre un fuoco mi scorreva nelle vene.

"Ti cercavo per chiederti se stasera ti va di uscire a cena."

"Ti sei fatto quasi un chilometro su questo sentiero per invitarmi a cena?" gli chiesi con una risata.

Remy annuì. "Ma certo, dolcezza. Ho visto la tua macchina nel parcheggio. Sapevo che questo pomeriggio sareste usciti a correre e non volevo aspettare troppo per doverti rivedere."

"Quindi vuoi andare al ristorante?" Quando annuì, gli sorrisi. "Allora prima devo andare a fare la doccia."

"Mi unisco a te," mormorò in risposta, con quel suo accento che mi faceva battere forte il cuore.

Remy mi seguì dunque a casa, ovvero a casa *sua*. Anche se ultimamente continuava a insistere perché la chiamassi casa *nostra*.

Appena arrivati, mi trascinò con sé sotto la doccia. Perfino dopo tutto quel tempo passato insieme, non c'era mai neanche un momento in cui non lo desiderassi ardentemente. In vita mia, nessun uomo mi aveva mai fatta sentire in quel modo.

Con l'acqua calda che cadeva sui nostri corpi, mi ritrovai stretta tra le sue braccia. Le piastrelle fredde premevano contro la mia schiena, mentre Remy affondò dentro di me con una spinta energica. Dopo un'appagante sessione di sesso che si era conclusa con un orgasmo esplosivo, mi voltai a guardarlo mentre si asciugava, fermandomi ad ammirare le curve decise e cesellate dei muscoli. Nonostante il piacere che mi fremeva ancora in corpo, morivo dal desiderio di toccarlo di nuovo. Si voltò e mi fece l'occhiolino quando si rese conto che lo stavo ammirando.

"Sai, forse è meglio se ceniamo a casa," gli dissi.

Si avvolse l'asciugamano attorno alla vita e ci rifletté sopra per un attimo. "Ok."

Per qualche motivo, sentivo che non me la stava contando giusta. In quei mesi, avevamo trovato una routine perfetta e ormai lo conoscevo molto bene. Era riuscito ad annullare tutte quelle angosce che mi avevano perseguitata a lungo dopo il disastro con Bruce.

A proposito di Bruce, aveva lasciato Willow Brook senza che neanche me ne rendessi conto. Me l'aveva riferito Rex. Ancora non sapevo neanche come descrivere la gioia e il sollievo che avevo provato nel rendermi conto che ero finalmente riuscita a voltare pagina. La paura che aveva instillato in me era evaporata.

Con Remy era tutto diverso. Stare con lui era davvero tanto semplice. Continuavo ad appoggiarmi alla sua forza, nei momenti di bisogno. Ma era quella gentilezza che c'era sotto a renderlo un vero uomo. Amavo quella sua possessività, giusto perché sapevo che dietro non ci fosse alcuna malizia. Era chiaro che fosse l'uomo *giusto* per me.

REMY

Volevo che fosse una serata speciale, ma quando Rachel mi aveva chiesto di restare a casa per cena non me l'ero sentita di dirle di no. Maledizione, era praticamente impossibile dirle di no.

Soprattutto quando ce l'avevo davanti nuda, la pelle arrossata dal vapore della doccia. E dopo averla appena fatta mia con passione, il ricordo del suo sesso caldo che si stringeva attorno a me ancora ben vivido nella mia mente.

E così, invece di farlo davanti a due calici di vino e

al lume di candela, le chiesi di sposarmi nella nostra cucina, con Henry che ronfava sdraiato in mezzo alla stanza.

"Cosa?" mi chiese, gli occhi fuori dalle orbite.

"Spero che tu voglia sposarmi," ripetei. "Quando ti sentirai pronta." Feci una pausa per mandare giù il groppo che mi strozzava la gola. "Lo so, forse..."

Una lacrima le rigò il volto e si alzò dallo sgabello, correndo dall'altra parte del bancone per abbracciarmi. La strinsi con forza a me, sentendo il battito violento del suo cuore contro il mio. Poco dopo sollevò la testa e mi prese il viso tra le mani, cominciando a tempestarmi il viso di baci.

"Non hai ancora risposto," le feci notare.

"Sì, certo che sì!" esclamò, fermandosi. "Non c'era il minimo dubbio."

Un'altra lacrima seguì la prima e sollevai il pollice per asciugarla. "Perché piangi?" le chiesi, preoccupato.

"Sono lacrime di gioia," rispose con un sorriso.

"Lacrime di gioia? Non mi piace vederti piangere."

Rachel alzò gli occhi al cielo e poi mi baciò. Si spostò appena e cominciò a sussurrare. "Lo so benissimo. Ti giuro che questa volta è un pianto positivo. Hai trovato il momento perfetto."

"Davvero? Pensavo di portarti a cena ad Anchorage, ma quando mi hai chiesto di restare a casa non sono riuscito a dirti di no."

Un sorriso enorme le aprì il volto. "Meno male che nemmeno io so dirti di no."

"Ma perché sarebbe perfetto?"

"Perché oggi sono caduta nel fango e mi hai aiutata ad alzarmi. Proprio com'è successo in primavera."

"Sarò sempre qui per aiutarti."

"Lo so."

E così, si infilò tra le mie ginocchia e mi avvolse le

braccia attorno al collo. Ogni nostro bacio mi ricordava ancora e ancora e ancora che permettermi di amarla era stata la scelta migliore della mia vita.

A seguire, la storia di Delilah e Alex in Quella Notte di Neve. Non perderti la storia di Alex!

1-Click: Quella Notte di Neve

Leggi una scena bonus dal libro 1, Brucia Per Me, di questa serie!

È passato ormai qualche anno da quando Amelia e Cade hanno trovato il loro lieto fine. Ecco un piccolo scorcio sul loro futuro!

Iscriviti alla newsletter: https://BookHip.com/KVNCBBV

Oppure puoi iscriverti direttamente qui: https://jh-croix.ck.page/7ffd616900